9

Joyce Stranger

Das Glück hat sanfte Pfoten

Joyce Stranger

Das Glück hat sanfte Pfoten

Roman

Aus dem Englischen
von Hilde Linnert

Zsolnay

Die Originalausgabe erschien unter dem Titel
THE HILLS ARE LONELEY bei *Souvenir Press*, London

Alle Gestalten dieses Buches sind von der Autorin frei erfunden. Jede Ähnlichkeit mit lebenden oder toten Personen ist zufällig und nicht beabsichtigt.

Umschlagentwurf und Gestaltung:
Graupner & Partner, München
Umschlagillustration: Franz Politzer
Satz: MPM, Wasserburg
Druck und Bindung: Wiener Verlag
Printed in Austria 1994

CIP-Titelaufnahme der Deutschen Bibliothek
Stranger, Joyce
Das Glück hat sanfte Pfoten: Roman/Joyce Stranger
Aus d. Engl. von Hilde Linnert – Wien: Zsolnay 1994
Einheitssacht.: The Hills are lonely ‹dt.›

ISBN 3-552-04601-1

Erstes Kapitel

Hoch oben auf dem Hügel jagte der Wind durch die Bäume. Die Tiere haßten den Wind. Das unsichtbare Ungeheuer, das aus dem Himmel heranbrauste und sie anschrie. Der wilde, unsichtbare Mund, der zwischen den Bäumen heulte. Das Kreischen der Todesfee im Unterholz. Gespenster und Dämonen zerrten am Fell der Tiere, trieben den Regen, der ihnen die Sicht nahm, in die ungeschützten Augen.

Der kleine Kater fühlte sich einsam und verlassen. Er war jung, knapp über sieben Monate alt. Seine Mutter war von einem Felssturz getötet worden. Er war das einzige Junge in dem Wurf gewesen, der ihr letzter sein sollte. Sein Vater war ein echter Wildkater, ein blitzschnell zuschlagendes Raubtier, das hoch oben in den Felsen jagte, kurz zu ihr kam und sie wieder verließ.

Das kleine Tier war noch nicht voll ausgewachsen. Obwohl er kein echter Wildkater war, hatte er die Menschen nie kennengelernt. Seine Mutter hatte einer alten Dame gehört, die starb, als die Katze erst zehn Monate alt war. Sie war vor dem Leichenbeschauer, der Polizei, den neugierigen Dorfbewohnern aus dem plötzlich vor Menschen wimmelnden Häuschen geflüchtet.

Die alte Martha Cameron hatte keine Verwandten. Sie hatte alle überlebt. Sie starb an einem hellen Maiabend, an dem der Vollmond schien, an einem Herzanfall. Niemand wußte, daß sie eine Katze besaß. Nur wenige wußten überhaupt etwas von ihr. Sie starb, wie sie gelebt hatte, einsam und ohne zu klagen.

Die alte Dame war stolz und unabhängig gewesen, hatte jede Hilfe zurückgewiesen, obwohl sie über achtzig war. Jetzt dachten die Dorfbewohner darüber nach, ob sie mehr für sie hätten tun sollen, ob sie ihre Einsamkeit durchbrechen, ihr das Leben hätten leichter machen können.

Der Mann, der den Haushalt der alten Dame auflöste, wunderte sich darüber, wie wenig sie besaß. Obwohl er die leeren Untertassen auf dem Boden sah, kam er nicht auf die Idee, daß sie eine Katze gehabt hatte. Er sammelte die Untertassen ein und verpackte sie zusammen mit den übrigen Gegenständen. Martha war gegen Dosenfutter gewesen, und daher gab es keine verräterischen Büchsen, denen man hätte entnehmen können, daß hier ein Tier gelebt hatte und verwöhnt worden war.

Die kleine graue Heyda versteckte sich. Sie lernte, allein zu leben, sich auf ihre Jagdkünste zu verlassen, und bis sie zehn Jahre alt war, hatte sie eine Menge Junge großgezogen. Die Wildhüter haßten sie und ihre

Jungen. Sie führten einen immerwährenden Krieg gegen Heyda, aber die Katze war listig.

Der junge Kater trauerte um seine Mutter. Sie war gestorben und hatte ihn allein zurückgelassen. Und in einem Umkreis von mehreren Kilometern gab es keine weiteren Wildkatzen. Die Tiere auf dem Hügel haßten ihn. Hasen und Kaninchen trommelten mit den Läufen, und alle kleinen Vögel stießen ihre Warnrufe aus, wenn er auftauchte.

Kater, Kater, Kater.

Die Rufe hielten noch lange an, nachdem er fort war. Wenn die glitzernden Augen die wellenförmige Bewegung im Gras entdeckten, ertönte aus allen Schnäbeln Gekreisch. Wenn der Wind den Wächtern bei den Bauen seinen Geruch zutrug, trommelten unzählige Läufe auf den Boden. Zum Beispiel der flüchtende Hase, der ihm jedes Mal entkam. Sie alle fürchteten ihn. Er war für sie das Entsetzen, er preschte sich auf vier weichen Pfoten an, bewegte sich geräuschlos, er war der bis zum letzten, tödlichen Sprung unsichtbare Tod.

Ihm blieb nichts anderes übrig, als die Hühnerhöfe und die Ententeiche zu plündern, wobei die Bauern mit geladenen Gewehren nach ihm Ausschau hielten. Die Jagdaufseher haßten ihn ebenfalls, weil Wildkatzen die Waldhuhnküken wegfingen. Alle waren davon überzeugt, daß er ein echter Wildkater war.

Nirgends in den Hügeln gab es einen Zufluchtsort für ihn. Er war von Feinden umgeben. Der Winter quälte ihn. Er hatte immer Hunger und fürchtete den lärmenden, unsichtbaren Wind, der die Bergheide so oft heimsuchte.

Er kauerte in einer winzigen Felsenhöhle, die mit trockenen Blättern gepolstert war. Sie lag windabgewandt, aber der Wind verfolgte ihn dennoch. Er raschelte in den welken Blättern, daß es wie das Trippeln winziger Pfoten klang. Dann wieder brach ein Ast von einem nahen Baum; es klang wie ein Schuß, und der Kater drückte sich verschüchtert auf den Boden und machte sich klein, weil er Angst hatte, daß dem Geräusch Schritte folgen würden.

Angst. Die Angst war ihm nur allzu vertraut. Er kannte die Panik, wenn sich ein Riese mit schußbereitem Gewehr an ihn anschlich und er um sein Leben rannte. Er kannte die Panik, wenn der Wind das nasse Gras aufwühlte, in sein Versteck eindrang und ihn trotz des dicken Fells frieren ließ.

Er war ein schönes Tier und würde ein König unter den Wildkatzen sein, sobald er voll ausgewachsen war. Dunkle Tigerstreifen, ein Erbteil seines Vaters, verliefen über das dichte graue Fell. Er kauerte in der Höhle, den dicken Schwanz um den Körper gelegt, um sich warmzuhalten. Die Vorderpfoten waren eingerollt, die Krallen eingezogen, und der Mond beschien den weißen Fleck auf seiner Brust und die weiße Schnauze.

In den grünen, schwarzgeränderten Augen lag Angst, die Pupillen waren in der Dunkelheit nur ein Schlitz, während er zusah, wie der Mond über den Himmel emporglitt und mit den dahinjagenden Wolken Fangen spielte. Er horchte, und die gespitzten Ohren bewegten sich. Der nur gelegentlich auftauchende Halbmond spiegelte sich in seinen leuchtenden Augen.

Er lauschte dem wütenden Märzwind, dessen Geheul

die Nacht zerriß. Lauschte den Bäumen, die sich kreischend fast bis zum Boden neigten. Lauschte den Vögeln, die angstvoll schrien, als ihre Nester davongeweht, die schützenden Zweige von den mächtigen Bäumen gerissen wurden und auf dem Hang kleine Felsbrocken krachend und polternd in Bewegung gerieten.

Er war hungrig, aber er wagte sich nicht in die Wildnis hinaus. Er leckte an einer Pfütze auf dem Boden, obwohl er den scharfen metallischen Geschmack des darunterliegenden Felsens nicht mochte, aber er brauchte die Flüssigkeit.

Er stöhnte leise und sträubte das Fell. Ihm war kalt, und jetzt türmten sich die dunklen Wolken, verbargen den Mond, und der Regen begann herunterzuprasseln. Seine Schnurrhaare zuckten, er konnte es kaum erwarten, daß die endlose Nacht endlich dem Morgengrauen wich, daß der Wind nachließ und der Regen aufhörte.

Er nahm sich vor, am Morgen den Berghang hinunterzuschleichen. Eigentlich zog er für solche Unternehmungen die Nacht vor, aber in diesem Jahr hatte sich der starke Wind stets am Abend erhoben, hatte immer wilder getobt, und der Kater mußte sich entscheiden: Entweder er jagte bei Tag, oder er litt Hunger.

Bei dem Cottage auf dem Hügel liefen Hühner frei herum. Dort lebte jetzt eine andere alte Frau, die den räuberischen Kater offenbar nicht bemerkte. Manchmal legte sie Nahrung vor das Haus: Kaninchenbeine, die er in sein Lager oberhalb des Hauses trug. Der Gedanke daran füllte sein Maul mit Speichel, und er leckte sich die Lippen. Er wußte nicht, daß die Frau eigentlich ihre eigene Katze fütterte, eine gescheckte Hauskatze, die jetzt langsam und alt war und darunter litt, daß er ihr ihre Mahlzeiten stahl.

Die alte Dame, die weder den häufigen Besucher noch die Tatsache bemerkte, daß ihr Liebling oft hungrig war, stellte keine Bedrohung dar.

Das Bauernhaus unterhalb des Häuschens war dagegen für Wildtiere gefährlich. Dort gab es zwei Jack-Russell-Terrier, die sich alle Nachbarn ausliehen, weil sie so gut mit Ratten fertigwurden. Der junge Kater hatte bemerkt, wie sie eine Füchsin herausforderten, hatte den Kampf beobachtet und gesehen, wie sie aus einem Dutzend Bißwunden blutend davonkroch. Er hatte ihr leises, schmerzerfülltes Winseln gehört, während sie ihre Wunden leckte.

Er hatte gesehen, wie sie mager wurde, weil ein Bein eiterte und sie nicht gehen konnte. Er hatte es gewußt, als sie starb. Die Vögel und die anderen Tiere hatten früher auch bei ihr Lärm geschlagen, wenn sie kam, aber als sie langsamer wurde, nur noch dalag und zusah, wie sich ihr der Tod näherte, hatte das Geschrei aufgehört.

Sie stellte keine Bedrohung mehr für die Tiere dar.

Der kleine Kater brauchte ein Weibchen. Er sehnte sich nach einer Katze, damit er Gesellschaft hatte und um ein brennendes Bedürfnis zu stillen, das er aber noch nicht ergründen konnte. Er fragte den Wind täglich nach Neuigkeiten, aber dieser brachte nur den Geruch von Hennen, Gänsen und Enten mit. Er brauchte Gesellschaft. Einen Körper, der sich an den seinen schmiegte, so daß sie sich gegenseitig sauberlecken konnten, einen Gefährten, der ihn bei der Jagd unterstützte.

Der Regen hörte schließlich auf. Die dunklen Wolken rissen auf, und der Mond schien jetzt, so daß man die schwankenden Äste, den kleinen, beinahe aus dem Boden gezerrten Busch, den umgestürzten Baum, dessen Wurzeln zum Himmel ragten, das Felsgestein, das von dem Hügel heruntergepoltert und am riesigen Stamm zum Stehen gekommen war, sehen konnte. Tief darunter war seine Mutter begraben.

Der kleine Kater war in dem Bau, den sie sich angeeignet hatte, in Sicherheit gewesen. Er hatte gesehen, wie der Berg herabstürzte und seine Mutter unter sich begrub; sie war mit einem jungen Kaninchen im Maul zu ihm unterwegs gewesen. Seither traute er den hohen Hügeln nicht mehr.

Er hatte nicht gewußt, daß sich Bäume fortbewegen können, und beobachtete den gestürzten Giganten, weil er Angst hatte, daß er sich wieder erheben und umfallen und ihn zerquetschen würde. Die Nacht war vom wilden Haß des Windes erfüllt. Der Sturm schnitt die Welt des Katers von der Außenwelt ab, und die ungeheure, unsichtbare Macht beherrschte den Hang des Hügels.

Unterhalb von ihm beleuchtete der Mond das aufgewühlte Wasser der Bucht, den hoch emporfliegenden Schaum, die wogenden Wellen, die sich rastlos überschlugen, gegen die Felsen prallten und die Luft mit donnerndem Brausen erfüllten, das zeitweise sogar den Wind übertönte.

Der Kater verließ das Gebiet und fand auf einem

anderen Hügel einen geschützten Platz. Hier gab es nur Heidekraut; keine Bäume bedrohten ihn. Er fand nur wenig Nahrung und wanderte weiter, durch die Schlucht hinunter, bewegte sich verstohlen, drückte sich an den Boden, suchte immer wieder Deckung. Er erfuhr, was Fallen und Gewehre sind.

Er fand eine Falle, in der sich eine Hauskatze gefangen hatte. Sie war nicht imstande gewesen, sich zu befreien, und war qualvoll gestorben, weil niemand ihr zu Hilfe gekommen war. Der Kater hatte aus seinem Versteck tief im Brombeergestrüpp zugesehen, wie der Riese zu dem Metallgerät kam, es öffnete und den Kadaver angewidert wegschleuderte.

Der Mann hatte auf eine andere Beute gehofft. Er wußte, daß auf seinem Hügel eine Wildkatze lebte, und die suchte er. Statt ihrer hatte sich die Katze seines Nachbarn in der Falle gefangen, und obwohl sie ebenfalls eine Bedrohung darstellte, war sie nicht das Wild, auf das er aus war.

Er wollte sein Geflügel nicht verlieren. Er hielt Zwerghühner und auch ein Gehege mit Kaninchen und Waldhühnern, die er verwendete, wenn er seine Hunde darauf dressierte, keine falsche Fährte zu verfolgen. Eine Katze konnte den Drahtzaun mühelos überklettern.

Es wurde immer kälter. Der Kater, der im Hochsommer zur Welt gekommen war und die Winterkälte nie kennengelernt hatte, stellte die Haare auf, um die warme Luft festzuhalten, und drückte sich enger an die Wand seines Zufluchtsorts. Sie gab nur wenig Wärme ab.

Er sah zu, wie der Mond über den Himmel wanderte. Er sah zu, wie die Oberfläche der Pfütze vor ihm glänzte und hart wurde, bis kein Wasser mehr da war, das er trinken konnte. Nur eine Schicht aus glitzernder Härte, die seine Zunge erstarren ließ.

Er rollte sich enger zusammen und fand sich mit der Kälte ab. Sie tat seinen Pfoten weh, und er leckte sie, um sie zu erwärmen. Die Kälte bedrohte ihn, so daß er sich erhob, sich streckte und hinausging, aber der Wind packte ihn und schleuderte ihn gegen den Felsen.

Ihm blieb nichts anderes übrig, als durchzuhalten. Er blieb liegen, während das Mondlicht wieder verschwand, weil die treibenden Wolken es verdeckten und der Wind zum Sturm wurde.

Er hatte noch nie Hagel gesehen. Die großen Körner schlugen mit einem rasselnden Geräusch, das ihn in Angst und Schrecken versetzte, auf den Boden auf. Der Schrecken wurde noch größer, als eine der Eiskugeln gegen seine Schulter prallte und sie verletzte. Sein Zufluchtsort bot ihm keine Sicherheit mehr.

Er floh durch die Nacht, obwohl ihn die Geschosse des Gewitters böse zurichteten, und fand ein großes Loch in einem umgestürzten Baum, der seine Wurzeln in die Luft streckte. Er kroch tief in die Höhlung hinein, fort von den Hagelkörnern, die ihm die Sicht nahmen, auf den Stamm trommelten und die Erde mit einer weißen, kalten Schicht bedeckten.

Sogar auf diesem kurzen Stück hatte er Verletzungen davongetragen. Er lauschte, wurde von Angst erfaßt, lauschte verständnislos dem Sturm, der das ganze Land verwüstete, Bäume entwurzelte, Schieferplatten und Ziegel von den Dächern riß und überall Panik auslöste.

Der Kater, der allein in dem hohlen Baum lag, lernte, daß in der seltsamen Welt, in die er geboren worden war, nicht nur Feinde, die auf zwei oder vier Beinen unterwegs waren, sondern auch unsichtbare Gefahren ihn bedrohten.

Das rauhe Holz umschloß seinen Körper eng. Er hatte nur wenig Bewegungsfreiheit. Es roch nach anderen Geschöpfen, die hier Zuflucht gesucht hatten, aber sie waren aus dem Baum geflohen, als er krachend umfiel.

Der junge Kater schlief erschöpft ein, doch es war ein unruhiger Schlaf, aus dem er immer wieder mit weit geöffneten Augen erwachte, die Ohren spitzte und auf Gefahren horchte. Doch der Sturm machte solchen Lärm, daß der Kater Gefahr nicht hören konnte. Er konnte sie weder sehen noch riechen. Er konnte nichts anderes tun, als auf das Tageslicht und auf Frieden vor dem peitschenden Wind zu warten und zu hoffen.

Der Morgen kam; am Rand der Bucht unterhalb von ihm spritzte die Gischt hoch hinauf; die Wellen wälzten sich heran, prallten gegen die Felsen und zerbarsten zu leuchtenden Schaumfahnen, die zum klaren, blauen Himmel emporstiegen.

Der Kater wanderte zum Strand hinunter, hielt sich außer Reichweite der saugenden Wellen und begab sich auf die Suche nach Beute. In den Tümpeln, die die Flut hinterlassen hatte, gab es Fische, und er beobachtete sie eine Zeitlang aufmerksam. Dann sprang er und schlug zu. Nur ein paar Bissen, aber sie stillten den brennenden Hunger.

Die Fische waren salzig, und er trank am Bach, der langsam zufror. Das Eis biß in seine Zehen. Es krachte und zerbrach, und sein Fell wurde naß.

Er zog sich in den unbequemen Schutz des hohlen Baumes zurück und leckte fieberhaft seine Pfoten, um sie zu wärmen.

Der Winter war noch lange nicht vorbei, und es war schwer, Nahrung zu finden. Oft war die Kälte seine einzige Gefährtin. Auf der Suche nach Wärme entdeckte er Verstecke tief in den Felsspalten, die beinahe Höhlen waren und den kalten Wind abhielten.

Er lernte, daß das Wasser unter einer steinharten, aber trügerischen Oberfläche verschwand, auf der seine Pfoten keinen Halt fanden und ausglitten.

Er lernte, daß kleine Tiere durch die Kälte starben und daß er, ohne zu jagen, zu Futter gelangte, wenn er die Kadaver rechtzeitig fand.

Er lernte, daß die Menschen verschwanden, wenn die seltsamen Lichtflecken ausklickten und es in ihren Häusern still wurde. Es gab da Mülleimer, die man plündern konnte, und in ihnen fand man oft Köstlichkeiten. Einen Fleischknochen oder die Überreste eines Huhns. Nahrung!

An einem hellen Morgen, als der frisch gefallene Schnee verschwunden war, kauerte der Kater mit gesträubtem Fell im Gras und beobachtete, wie das Licht einen roten Rand auf die Berge zauberte. Hoch über ihm schrie der Adler. Er und sein Weibchen kreisten ewig, beobachteten die verstohlenen Bewegungen im Unterholz, waren jederzeit bereit hinunterzustürzen, zu töten. Sie waren damit beschäftigt, ihr

Nest für den Frühling instandzusetzen, der bald kommen würde.

Der junge Kater hatte gesehen, wie sie töteten, hatte die ersterbende Klage ihrer unglücklichen Beute gehört und wußte, daß er sich verstecken und stilliegen mußte, wenn der vorüberfegende Schatten den Boden verdunkelte, daß er seine Anwesenheit weder durch ein Zucken der Ohren noch durch eine Bewegung der Pfoten verraten durfte, daß er den Atem anhalten mußte, bis der Feind fort war.

Auf dem Berg kam der Tod schnell, und nur wenige schafften es, ihm zu entgehen.

Ein junges Kaninchen war vor Freude darüber, daß die Schrecken der Nacht vorbei waren, unvorsichtig geworden und beschloß sein Leben in den Klauen des Adlers. Als der Adler vom Himmel herunterfiel, sah der junge Kater, wie der Schatten riesig wurde.

Er hörte den Todesschrei des Kaninchens. Er sah, wie der Schatten sich veränderte; dann stieg der Vogel wieder empor, flog zu seinem Nest zurück, und der Schatten bewegte sich immer schneller, bis er nur noch Erinnerung war und auf dem Hügel Friede einkehrte.

Der Wind hatte im Morgengrauen aufgehört. Nur ein sanfter Hauch raschelte im Gras und trieb die vertrockneten Blätter des vergangenen Jahres vor sich her. Der junge Kater kroch aus seinem Versteck, streckte sich und genoß die Bewegungsfreiheit.

Das Geräusch des über die steilen Felsen fallenden Wassers übertönte die Schritte hinter ihm. Ein Fuchs hatte den kleinen Kater gesehen und schlich sich an ihn an. Er war hungrig. Zwar hatte er auf einem

Misthaufen Wurzeln und Schalen gefunden und gefressen und dazu ein paar Würmer erwischt, doch in seinem Magen herrschte immer noch gähnende Leere, und obwohl er wußte, daß man sich mit Wildkatern besser nicht anlegte, war der Hunger stärker als die Vernunft.

Der junge Kater wartete geduckt darauf, daß eine Maus unterwegs war und das Gras sich bewegte, horchte auf das verräterische Trippeln winziger Pfoten und bemerkte den Fuchs nicht.

Der Fuchs schlich sich von hinten an den Kater an; der Wind trug ihm den Geruch seiner Beute zu, und er wußte, daß die Beute ihn nicht riechen würde.

Er sprang.

Der Kater spürte das Zittern des Bodens, fuhr rasch wie ein Blitz herum und zog wütend dem Fuchs die spitzen Krallen über das Gesicht. Er dachte nicht, er reagierte instinktiv.

Der bösartige Hieb riß dem Angreifer die Haut oberhalb der Augen auf. Das Blut blendete ihn; er fuhr sich mit der Vorderpfote über das Gesicht und rannte davon, weil er nicht gut genug sah, um sich auf einen Kampf einzulassen.

Während er auf den Hügel hinauf floh, wischte er ununterbrochen über den roten Schleier vor seinen Augen. Es war eine schwere Wunde, und es dauerte Stunden, bis die Blutung aufhörte. Der Fuchs trug die Narbe bis zu seinem Tod im Gesicht; die Menschen, die ihn sahen, nannten ihn Narbengesicht und zerbrachen sich den Kopf darüber, wo er sich die Verletzung geholt hatte.

Der Kater zitterte noch lange vor Schreck, und seine Ohren bewegten sich unaufhörlich, während er versuchte, weitere verräterische Geräusche aufzufangen. Dann schlich er auf ein Felsband, einen schmalen Überhang, wo sich ihm nichts von hinten nähern konnte, und leckte zornig sein Fell. Der Fuchs hatte zugebissen.

Das Fell des Katers sträubte sich, sein Schwanz war groß und buschig, und er knurrte böse und verängstigt. Der Begriff des Todes war ihm fremd, aber er kannte die Bedrohung. Er wußte, daß seine Wachsamkeit keinen Augenblick nachlassen durfte. Der Adler am Himmel, der Fuchs auf dem Boden, der Mensch mit dem Gewehr – sie alle waren seine Feinde.

Auch er war hungrig. Der Fuchs hatte ihn an der Schulter erwischt, und seine Zähne waren tief eingedrungen. Der junge Kater versuchte, die Wunde zu lecken, aber sie befand sich an einer unzugänglichen Stelle, und er konnte sie weder mit der Zunge noch mit der Pfote erreichen.

Durch die Wunde wurde er steif und unbeholfen, und es fiel ihm schwer, Beute zu machen. Jede Bewegung schmerzte. Dann begann die Wunde zu eitern, sie wollte und wollte nicht heilen. Der Kater konnte nicht jagen, denn infolge der Verletzung war er zu langsam. So bekam er kaum etwas anderes zu fressen als Gras und Käfer, und das sättigte ihn nicht.

Er erinnerte sich an das Futter im Garten des Cottage oben auf dem Hügel, das seine erste Zuflucht gewesen war, und hinkte zu der Stelle zurück, an der der Baum seine Mutter getötet hatte. Er versteckte sich dicht beim Haus, ohne daß ihn jemand sah oder hörte; die alte Frau, die dort wohnte, wußte im Gegensatz zu ihrer Katze nichts von seiner Anwesenheit.

Die alte Katze hatte vor dem Eindringling Angst und wich dem Schuppen, in dem er sich versteckte, im großen Bogen aus. Nachts kroch er heraus und stahl das Futter der Katze, und ein- oder zweimal fing er ein verirrtes Küken. In der Vogeltränke gab es immer Wasser.

Erst nach vierzehn Tagen war er kräftig genug, um seinen Zufluchtsort zu verlassen, und selbst dann schlief er in der Nähe und plünderte jede Nacht das getreulich vor die Tür gestellte Futter.

Er traute den Menschen nicht. Er fraß und lief davon. Manchmal lag er in der Nähe und beobachtete die alte Frau; er kannte ihre Gestalt, den langen, schwarzen Rock, die violette Strickjacke mit dem Loch am Ellbogen, die ungekämmten grauen Haare.

Er wartete immer, bis sie den Garten verlassen und die Hintertür verriegelt hatte. Manchmal war die Katze schneller als er; manchmal auch der Fuchs, der ebenfalls von diesem unerwarteten Segen wußte.

Der junge Kater mied sogar die Stelle, an der der Fuchs gefressen hatte. Er besaß eine eigene Ecke in der Nähe der großen Büschel Katzenminze, die im Sommer blüht und in der sich alle Kater leidenschaftlich gern wälzen. Diesen Genuß hatte er aber noch nicht entdeckt.

Die Katze wußte von seiner Anwesenheit und floh, wenn sie seinen scharfen Geruch wahrnahm; wenn sich der Wildkater im Garten befand, machte der Fuchs einen Umweg und kam nicht in seine Nähe.

Wenn es dunkel wurde, der Mond immer wieder zwischen den dahintreibenden Wolken verschwand und die Hunde im Dorf bellten, wartete der Kater, bis die Lichter in den verstreuten Häusern ausgegangen waren und alles still war; dann erst ging er auf die Jagd.

Der Winter hielt das Land in eisigem Griff. Heftige Stürme verwüsteten die Hügel. Der junge Kater schützte sich vor dem Regen, so gut es ging, zitterte dabei vor Kälte und leckte sich die schmerzenden Pfoten, wenn der Boden steinhart gefroren und eisglatt war.

In einer Aprilnacht, der kältesten seit vielen Jahren, bildete sich auf seinem Fell und den Schnurrhaaren Eis, sein Atem gefror, und ihm wurde so kalt, daß er in den Schuppen floh, in dem die alte Frau ihre Gartengeräte aufbewahrte, und Zuflucht zwischen den Säcken suchte. Der Schuppen stieß an die Schornsteinwand des Hauses und war immer warm.

Der Kater drückte die nicht versperrte Tür auf und kroch hinein. Er lag wachsam an der warmen Wand; erst als es hell wurde, schlüpfte er wieder hinaus und verschwand, lange bevor seine ahnungslose Gastgeberin erwachte, im Farndickicht.

Er war jetzt voll ausgewachsen, befand sich auf dem Höhepunkt seiner Jugend und seiner Kraft und hatte in den letzten acht Monaten eine Menge über die Welt gelernt, in der er lebte. Er brauchte eine Gefährtin.

Aber ihm war das noch nicht bewußt.

Zweites Kapitel

Die Fahrt schien kein Ende nehmen zu wollen. Im Wagen war es heiß, und die Straße erstreckte sich endlos vor ihnen. Kates Knöchel schmerzte. Sie hatte sich vor einer Woche den Fuß vertreten, als sie in der Turnhalle ungeschickt von einem Gerät gesprungen war.

Jetzt hatte sie sehr viel Zeit nachzudenken, die vor ihr abrollende Straße zu betrachten, zu beobachten, wie an die Stelle der Orte das freie Land trat. Felder mit Schafen und Rindern und gelegentlich einem Pferd, dessen Mähne im Wind wehte.

Kate konnte sich nicht vorstellen, wie sie inmitten des Nirgendwo leben würde. »Glücklich?« fragte ihr Vater, wie er es seit jenem schrecklichen Tag so oft und so ängstlich gefragt hatte.

Sie hatte auf dem oberen Treppenende gesessen, hatte sich zusammengekauert und sich vor den ernsten Stimmen gefürchtet. Als der Polizist läutete, schlief sie, und das Klingeln weckte sie. Er befand sich in

Begleitung einer Polizistin. Ihre Mutter hatte einen Besuch gemacht und war spätabends zurückgefahren. Die Straße war vereist gewesen. Der Wagen war ins Schleudern geraten und in den Fluß gestürzt.

Das war über ein Jahr her, aber die Erinnerung an diese Nacht war noch immer lebendig, wurde plötzlich wach, wenn sie es am wenigsten erwartete, so daß sie einen Kloß in der Kehle spürte und ihr ungewollt Tränen in die Augen traten. Aber sie mußte um ihres Vaters willen tapfer sein.

Es war sicherer, wenn sie die Augen schloß und tat, als schliefe sie. Ihre Stimme hätte sie verraten. Sie hörte, wie ihr Vater seufzte. In letzter Zeit seufzte er sehr oft. Sie wußte schon nicht mehr, wann er zum letzten Mal gelacht hatte.

Sie rückte sich zurecht und bewegte den Kopf. Ihr Hals war steif, und ihr Knöchel schmerzte. Sie blickte durch ihre dichten Wimpern zu ihrem Vater hinüber. Seine Hände umklammerten das Lenkrad und hielten es krampfhaft fest. Sein ganzer Körper war steif, als könne er sich nicht entspannen. Er preßte die Lippen zusammen, und auf seinem Gesicht lag der verlorene Ausdruck, den sie so sehr fürchtete. Er konzentrierte sich verbissen auf die Straße vor ihm.

Kate erfand gern Geschichten. Sie konnte ihren Kummer leichter ertragen, wenn sie sich eine Erzählung ausdachte, in der sie ebenfalls vorkam. Ihre Geschichten gingen immer gut aus. Sie wurde mit allen Schwierigkeiten fertig, und alles kam in Ordnung. Sie stellte sich vor, Sir Galahad werbe um sie; er ritte ein weißes Pferd mit rotem Sattel und silbernen Zügeln.

Sie kam darauf, weil sie gerade wieder die Legenden der Tafelrunde König Artus' las, und sie flüchtete gern aus der harten Wirklichkeit in die Erzählungen von Rittern und ihren Damen, von der Suche nach dem Gral, von Lanzenstechen und Turnieren.

»Seine Stärke entsprach der Stärke von zehn Männern, weil sein Herz rein war«, murmelte sie verträumt vor sich hin.

»Was hast du gesagt?« Ihr Vater hatte gerade ein langes Gefälle hinter sich gebracht und überholte einen Traktor, der sie einige Kilometer lang zum Langsamfahren gezwungen hatte. Er klang beunruhigt.

»Nichts«, antwortete Kate erschrocken. Sie durfte es sich nicht angewöhnen, laut zu denken.

Sie streckte sich. Die Jeans waren zu eng. Das T-Shirt spannte über den wachsenden Brüsten. Nichts schien ihr mehr richtig zu passen. Sogar die Schuhe taten ihr weh. Aber auch die Kleidung ihres Vaters wirkte in letzter Zeit ungepflegt.

»Sobald wir ein ordentliches Gasthaus finden, machen wir eine Pause und essen etwas«, erklärte ihr Vater.

Kate betrachtete die Hecken, die an ihnen vorbeizugleiten schienen, als stünde der Wagen still und die Straße bewegte sich. Ihre Mutter war an einem Januarabend gestorben. Sie hatten sich nicht von ihr verabschiedet, bevor sie losgefahren waren. Der verräterische Kloß kam wieder, und Kate dachte entschlossen an Lämmer auf den Feldern und Narzissen in freundlichen Gärten.

Jetzt war Frühling. Die Bäume trugen frische Blätter,

und die Hecken leuchteten in einem lebhaften, unvorstellbaren Grün. Die Häuser verschwanden, und die Straße wand sich träge durch dichtbewaldete Hügel. Die Äste wirkten verschwommen, denn aus den silbernen Knospen der Bäume stieg leichter Dunst auf.

In solchen Wäldern war Sir Galahad unterwegs. Die einzigen Geräusche waren das Flüstern des Windes, das Rascheln eines Rocks und das leise Trommeln der Hufe auf dem weichen Waldboden.

»Meine Prinzessin«, würde er sagen. Er würde sich über sie beugen, ihr in die Augen schauen und nicht die häßliche, dreizehn Jahre alte Kate mit dem glatten schwarzen Haar und den graugrünen Augen sehen, deren mürrischer Mund sich in letzter Zeit nur noch weinerlich verzog.

In ihren Träumen war sie genauso schön wie ihre Mutter, die eine dunkle Schönheit gewesen war – jedoch nur nach Ansicht ihrer Tochter und ihres Mannes. Geheimnisvolle Augen, Haare, fein wie Seide, und schlanke Hände.

»Blasse Hände mit rosa Fingerspitzen.«

Kate wußte, daß sie sich die Worte nicht richtig gemerkt hatte. Sie war damals so klein gewesen, und sie wagte nicht, ihren Vater darum zu bitten, daß er sie wiederholte. Ihre Mutter hatte das Lied so oft gesungen. Aber das war in einer anderen, lang zurückliegenden Zeit gewesen. Damals war das Leben wunderbar gewesen; Oma und Opa kamen zu Besuch, Mutter war immer zu Hause, obwohl sie oft an der Schreibmaschine saß und die Geschichten schrieb, die sie an Magazine schickte; manchmal wurden sie sogar gedruckt.

»Du wirst schon sehen: Eines Tages schreibe ich einen Bestseller«, hatte sie oft gesagt. Kate hatte gelacht, die Geschichten über die Schulter ihrer Mutter mitgelesen und war davon überzeugt gewesen, daß sie eines Tages die Tochter einer sehr berühmten Autorin sein würde.

Dann kam ihr Vater aus seinem Studio heraus, schwang sie hoch in die Luft und lachte sie an.

»Wie geht es meiner wunderbaren Prinzessin?«

Jetzt war sie keine zierliche Siebenjährige mehr, sondern ein dreizehn Jahre alter Klotz. Er konnte sie seit Jahren nicht mehr hoch in die Luft schwingen. Oma war gestorben, als sie erst fünf war; Opa zwei Jahre später. Dann war ihre Mutter gestorben. Sie hatte entsetzliche Angst davor, daß auch ihr Vater sterben, daß sie ganz allein dastehen würde und sie niemanden mehr hatte, der für sie sorgte.

Wenn nur diese Reise einmal zu Ende ginge. Sie hatte zuviel Zeit zum Nachdenken. Ihr Vater war vor einigen Tagen nach Hause gekommen, hatte begonnen, seine Unterlagen durchzugehen, und hatte dann die kostbaren Kameras und seine Fotoausrüstung, die er seit dem Tod ihrer Mutter nicht mehr angerührt hatte, hervorgeholt.

»Sie ist immer noch da, die ganze Zeit. In jedem Raum, in allem, was wir tun. Wir müssen fort von hier«, hatte er gesagt. »Wir können in Opas Cottage wohnen. Ich habe unglaubliches Glück gehabt. Ein ganz spezieller Job; ich habe mich darum beworben und ihn bekommen. Ich glaube, daß er für uns ideal ist, aber ich darf dir nichts darüber erzählen. Es ist streng geheim, ein unglaublich glücklicher Zufall, weil das alte Haus der perfekte Standort dafür ist.«

Schottland war von ihrem Zuhause sehr weit entfernt, und sie war nur ein einziges Mal als ganz kleines Mädchen in dem Cottage gewesen. Opa war Tierarzt mit einer großen Landpraxis und betreute vor allem die Tiere auf den Bauernhöfen.

»Nach Opas Tod habe ich es vermietet. An eine alte Dame, deren Mann gestorben war. Ich glaube nicht, daß du sie jemals kennengelernt hast, aber ich habe sie schon als kleiner Junge gekannt.« Er seufzte. »Jetzt ist alles ganz anders. Die arme, alte Bridie ist kurz, nachdem sie das Haus gemietet hatte, ebenfalls gestorben. Von da an hat sich Mrs. McKie um das Cottage gekümmert. Vergangenes Jahr meinte sie, daß es schade wäre, es leerstehen zu lassen, also bat ich sie, die Einrichtung zu ergänzen, damit man es an Urlauber vermieten kann. Doch noch bevor ich dazu kam, etwas zu unternehmen, erhielt ich diesen Auftrag. Es ist gut, daß wir noch keine Anzeige aufgegeben haben.«

Er ging zum Fenster und starrte hinaus, aber Kate war davon überzeugt, daß er nur die Fensterscheibe sah. Doch er sprach wenigstens mit ihr. Er fuhr in dem niedergeschlagenen, gleichförmigen Tonfall fort, der nie lebendiger oder gar fröhlich wurde.

»Es wäre unvernünftig, wo anders hinzugehen, wenn wir dieses Haus besitzen.«

Er seufzte.

»Alles kommt immer ganz anders, als man es geplant hat.«

Kate wußte, daß er an die Flitterwochen dachte, die ihre Eltern während Opas Urlaub in Schottland verbracht hatten. Vor so langer Zeit, und sie war noch gar nicht auf der Welt gewesen. Es war merkwürdig, wenn sie sich ihre Eltern vorstellte, ohne daß sie dabei war.

Sie war zuerst von dem Gedanken an das Cottage begeistert gewesen. Vielleicht gab es im Dorf Ponys, auf denen sie reiten konnte. Sie würde eine sehr lange Autobusfahrt in die Schule in Kauf nehmen müssen, aber das würde eher ein Abenteuer für sie sein.

Vor ihr lag ein neues Leben.

Sie hatte alle Freundinnen zurückgelassen und nur Erinnerungen mitgenommen, die noch schmerzten. Vielleicht konnte sie sie an ihrem neuen Aufenthaltsort vergessen.

Die Straße beschrieb eine Kurve, und vor ihnen lag ein Bild wie aus einem Märchen. Ein Schloß mit Türmchen stand inmitten von Rasenflächen. Hinter ihm ragten hohe Bäume in den Himmel. Ein blauer See, der im Sonnenschein glitzerte und dessen Wellen Schaumkronen trugen, wenn der Wind über sie hinstrich. Eine riesige Trauerweide spiegelte sich im Wasser. Am unteren Ende einer geschwungenen Treppe lag ein goldfarbener Hund. Die Treppe führte zu einer großen, mit Nägeln beschlagenen Eichentür, die einladend offenstand.

Auf einem beinahe versteckten Schild am Straßenrand stand HOTEL.

Kate betrachtete es entzückt.

»Das sieht wirklich aus wie im Märchen«, stellte sie

fest. »Könnten wir anhalten und hier etwas essen? Bitte!«

Ihr Vater blickte auf sie hinunter und betrachtete dann das Bild vor ihm. Hinter den Türmchen griffen dunkle Berge nach dem Himmel.

»Und was ist, wenn sie uns in den Kerker werfen?« fragte er, aber seine Stimme klang sorglos und fröhlich, beinahe wie in den alten Zeiten. Zum ersten Mal seit langer Zeit weckte etwas Kates Interesse. Sie war von einer Vorfreude erfüllt, von der sie fast nicht mehr gewußt hatte, daß es sie überhaupt gab.

Sie war so aufgeregt, daß sie sich zuerst nicht rührte, und dann ließ sich der Sicherheitsgurt nicht öffnen. Als das Schloß endlich aufsprang, öffnete sie die Tür und trat in den Hof.

Der Hund erhob sich langsam. Ein Retriever, dessen buschiger Schwanz wedelte. Er kam zu ihr und begann, sie sorgfältig und eingehend zu begutachten; er beschnupperte der Reihe nach ihre Schuhe, ihre Beine und ihre Hände. Sie hatte die Prüfung offenbar bestanden, denn der Hund wedelte heftiger.

Als sie die Treppe hinaufging, blieb er an ihrer Seite. Sie war plötzlich nicht mehr die Kate in den engen Jeans, die zwickten, und einem zu knapp sitzenden, schmutzigen T-Shirt, sondern die elegante, geheimnisvolle Prinzessin Kate, deren treuer Hund sie begleitete und die unterwegs zu ihrem Prinzen war.

Wenn sie sich in ihre Phantasiewelt versetzte, fiel es ihr leichter, sich den Menschen zu stellen. Dann konnte sie auch ihre Fragen abwehren, wenn sie zum ersten Mal mit ihnen sprach.

»Ja, Liebes, natürlich kann Kate zum Tee bleiben. Aber sie sollte vielleicht zuerst ihre Mutter anrufen, damit sie sich keine Sorgen macht.«

Es tat weh. Es fiel ihr noch immer schwer, »niemand wird sich Sorgen machen« zu sagen. »Mein Vater arbeitet, und meine Mutter ist tot. Ich bin ein Schlüsselkind.« Sie haßte es, in das leere Haus zurückzukehren. Dank der Zentralheizung war es auch im Winter warm, aber es war nicht mehr dasselbe. Es gab niemanden, den sie begrüßen konnte; es gab keine Essensdüfte mehr; keine Schreibmaschine klapperte. Niemand war da, der zuhörte, wenn sie von den Erlebnissen des Tages erzählte, der über die lustigen Zwischenfälle lachte und der sie bemitleidete, wenn jemand ihr gegenüber unfair gewesen war.

Die Geschichten, die sie erfand, beschwichtigten den Schmerz. Ihre Mutter, die Schriftstellerin, hatte ihr Talent an ihre Tochter weitergegeben, doch das war Kate nicht bewußt.

Das Schloß war bezaubernd. Die großen Räume, die elegante Einrichtung, die gerahmten Bilder aus längst vergangener Zeit riefen bei Vater und Tochter den Eindruck von etwas Unwirklichem hervor. Kate sah, wie ihr Vater die Treppe heraufgelaufen kam, und wandte sich ihm zu wie eine vornehme Dame, die einen Höfling begrüßt.

Während ihr Vater näherkam, musterte sie ihn, als sähe sie ihn zum ersten Mal. Doch dann kamen sie an einem großen Spiegel vorbei, und der Zauber zerbrach. Sie sah einen hochgewachsenen, beeindruckenden, unordentlich gekleideten Mann und ein Mädchen, das neben ihm völlig verblaßte; ihre Kleidung war schmuddelig, die dichten, dunklen Haare waren ungekämmt und hätten längst geschnitten werden müssen, das Gesicht war unauffällig, die dunklen Augen lagen tief in den Höhlen, die schräg waren wie die einer Katze. Nur Augen und kein Gesicht. Kate haßte ihr Gesicht.

»Du brauchst neue Sachen zum Anziehen«, stellte ihr Vater fest, den ihr Spiegelbild aus seinem Kummer gerissen hatte. »Wir kaufen dir etwas, bevor wir nach Tigh-na-Bhet kommen.«

»Werden wir wirklich mitten im Nirgendwo wohnen? Wie hat Opa von einem so einsamen Haus aus arbeiten können?« fragte Kate.

»Das Haus liegt in Wirklichkeit gar nicht so einsam, es sieht nur so aus«, beruhigte sie ihr Vater. »Tierärzte auf dem Land arbeiten nicht zu Hause, und Opa kam in seinem Landrover überall hin. Es ist nicht so weit zu den Geschäften, in denen wir einkaufen können. Na ja, etwa zwei Kilometer, vorausgesetzt, der Fluß tritt bei der Furt nicht über die Ufer. Der Weg über die Hügel ist länger. Dreimal wöchentlich kommt in einer Entfernung von etwa eineinhalb Kilometern ein Bus vorbei.«

Es klang, als läge das Cottage am Ende der Welt.

Die Kellnerin, die zu ihrem Tisch kam, war rundlich und freundlich und sprach in einem sanften schottischen Tonfall, den Kate zuerst kaum verstand, bis sie sich an ihn gewöhnt hatte.

»Lachs frisch aus dem Fluß; junge Kartoffeln; junge Erbsen; Brokkoli. Klingt das nicht gut, Kate?« In der

Stimme ihres Vaters lag Besorgnis, als brauche er ihre Zustimmung zu dieser Extravaganz.

»Wunderbar«, bestätigte sie. Sie hatte Hunger. Hoffentlich würde die Mahlzeit ihrem Vater schmecken. In letzter Zeit hatte er sehr wenig gegessen. Sie hatten abwechselnd gekocht, oft Fertiggerichte, weil sie dafür keine komplizierten Rezepte brauchten und die Zubereitungszeit kurz war. Wenn man die Gerichte in der Mikrowelle heiß machte und die Anweisungen auf der Packung genau befolgte, schmeckten sie ausgezeichnet.

»Unsere letzte ordentliche Mahlzeit«, stellte Gavin McKendrick fest. »Wir sollten uns ein gutes Kochbuch kaufen, sonst müssen wir von Porridge leben. Und wenn ich koche, brennt er an und ist voller dicker Klumpen.«

Kate lächelte. Ihr Vater übertrieb. Nichts war je angebrannt gewesen, obwohl es nicht immer sehr appetitlich aussah und sie viel zu oft beim Chinesen Essen zum Mitnehmen kauften oder sich Pommes frites holten.

»Wo wir hinfahren, gibt es keinen Schnellimbiß oder so etwas. Wir müssen beide lernen, richtig zu kochen.«

Der Tisch stand an einem Fenster, das auf den See hinausging. Der Wind fächelte die Blätter der Weide, der Hund lag wieder auf seinem Platz, und über den pastellfarbenen Himmel zogen weiche Haufenwolken. Ein irreales Bild, das Aquarell eines romantischen Künstlers, der die Welt liebte.

Wenn doch das Leben so wäre!

Obwohl Kate wegen der einsamen Lage des Cottages besorgt war, genoß sie die Mahlzeit; der Zitronen-Käsekuchen, der auf den Lachs folgte, war leicht wie ein Lufthauch.

»Ich möchte mir die Füße vertreten«, sagte Gavin. »Wie geht es deinem Knöchel?«

Kate verzog das Gesicht.

»Er tut weh. Ich kann mich ans Ufer setzen und auf dich warten. Ich möchte gern den Hund streicheln. Können wir einen Hund kaufen, wenn wir nach Schottland kommen?«

»Wir sind bereits in Schottland.« Ihr Vater lächelte. »Aber ich glaube nicht, daß ein Hund das richtige wäre. Ringsum gibt es nichts als Heide. Und keine Zäune.«

»Wir könnten doch den Garten einzäunen.«

»Warten wir ab, Liebes.«

Kate sah ihm nach, als er die Stufen hinunterstieg und dann am Seeufer entlangging. Er wurde immer kleiner, und sie fühlte sich sehr einsam. Es wäre schrecklich, wenn sie ihn auch noch verlöre.

Sie hinkte zu dem Sitzplatz am See und pfiff dem Hund. Er kam sofort, begrüßte sie würdevoll und ließ sich dann zu ihren Füßen nieder. Seine anspruchslose Anwesenheit hatte etwas Tröstliches an sich.

Der Wind war kühl, und Kate konnte nicht stillsitzen. Sie stand auf, und als der Hund es ihr nachmachte, ging sie langsam auf und ab. Weiter draußen balzten zwei Schwäne, verbeugten sich und hoben leicht die Flügel. Enten schwammen gemächlich vorbei. Als sie außer Sichtweite des Hotels war, kniete Kate nieder, legte die Arme um den warmen, kräftigen Körper des Hundes und vergrub das Gesicht in seinem weichen

Fell. Seine braunen Augen schienen sie voll Mitgefühl anzublicken.

Der Hund spürte offensichtlich, wie unglücklich sie war, und leckte ihr die Tränen vom Gesicht. Sie klammerte sich an ihn; sie hätte so gern einen Hund gehabt.

Endlich hörten die Tränen auf zu fließen, und sie wusch sich das Gesicht im See. Der Hund legte die Stirn in nachdenkliche Falten, während er ihr zusah.

Sie stopfte das durchnäßte Taschentuch in die Tasche und stand auf.

Der einsame Spaziergang am See hatte Gavin nicht gut getan, denn er war wieder in seinen Kummer versunken. Heute war der 30. April. Sie hatten an einem 28. April geheiratet. Der zweite Hochzeitstag seit dem Tod seiner Frau. Der Unfall hatte sich drei Monate vor dem Hochzeitstag ereignet. Und sie hatte es doch so gut verstanden, Jahrestage, Geburtstage, Weihnachten und alle übrigen Anlässe gebührend zu feiern.

Er hatte Kate nicht auf das Datum aufmerksam gemacht, aber sie hatte sich daran erinnert. Sie sah ihn an, als er zurückkam; er ging langsam, und sein ganzer Schwung war dahin. Früher war er immer gelaufen und hatte so oft gelacht.

»Fertig?« fragte er, als er sie erreichte.

Sie nickte und kniete nieder, um den Hund zum Abschied zu küssen. Er fuhr ihr mit der Zunge über das Gesicht und sah dann den Auto nach, bis es auf die Straße einbog und auf die fernen Berge zufuhr.

»Nur noch zwei Stunden«, sagte Gavin.

Kate griff nach der Schachtel mit den Kassetten und suchte ein Lied, an das sie sich von früher erinnerte. Sie fand es bald.

»Ich sehe gern über das Meer nach Skye hinüber«, hatte Opa einmal gesagt, damals, als sie noch alle zusammen waren. »Auf dem Strand liegt Tang. Ein heilsamer Geruch. Wenn ich deprimiert bin, nähme ich Strähnen des leuchtend orangefarbenen Tangs mit, damit ich ihn bei mir habe und ihn riechen kann. Und ich spiele die Musik der Inseln.«

Sie schob die Kassette in den Schlitz und schaltete den Recorder ein.

Die Musik unterbrach das Schweigen, weckte die Erinnerung an Opa, der sie liebevoll an sich drückte, und an Frieden. Und an die Stimme ihrer Mutter, die leise mitsang.

Die tiefe, samtweiche Stimme stieg in die Luft empor. Kate lauschte ihr verträumt, so wie sie ihr vor langer Zeit auf Opas Schoß gelauscht hatte. Er hatte ihr zum Geburtstag einen Kassettenrecorder geschenkt und Kassetten mit schottischen Liedern mitgebracht.

Opa und sie summten jedes Mal die Melodie leise mit, bis zu den letzten Zeilen, wenn seine brüchige alte Stimme triumphierend anschwoll und den Sänger übertönte.

> Wenn ihr tief im Herzen denkt, ich stolziere
> wie ein Pfau,
> Dann habt ihr nie den Tang der Inseln
> gerochen.

So ungefähr hatte der Text gelautet. Der Tang. Das heilende Unkraut, das ewig mit dem rastlosen Meer an das sandige Ufer trieb und in der Sonne trocknete. Würde es sie und ihren Vater heilen?

Und dann waren sie da. Die kurvenreiche Straße wand sich über Hänge mit Heidekraut, das später blühen würde. Schafe starrten sie an und weideten dann weiter. In den Hügeln kam der Nachwuchs spät zur Welt, und die kleinen Lämmer sahen ihnen neugierig nach. Eine Hochlandkuh versperrte mit ihrem Kalb kurz die Straße, und das Muttertier senkte den Kopf, als wolle es den Wagen angreifen.

Gavin hupte lachend, und die Tiere gingen weiter. »Sie sind scheu, also mach dir keine Sorgen«, erklärte er, als Kate ängstlich zurückblickte und sich fragte, ob diese riesigen Tiere um das Haus herumstreifen würden. Das Kalb war entzückend, aber die Mutter sah bedrohlich aus. »Achte nur darauf, daß du nicht in die Nähe des Kalbs kommst!«

Sie bogen um eine Steilkurve, der Motor heulte kurz auf, dann waren sie da.

Gavin musterte seufzend den verwilderten Garten.

»Ich hätte veranlassen sollen, daß ihn jemand in Schuß hält«, sagte er. »Er sieht verwahrlost aus. Hoffentlich ist das Haus besser instandgehalten.«

Das Cottage war kleiner, als Kate es im Gedächtnis hatte. Vier Zimmer unten und drei oben; eine angebaute Küche, über der sich das Badezimmer befand. In einem neuen Schuppen stand ein Generator, der murrend zum Leben erwachte, nachdem Gavin ihn nicht sehr sachkundig, aber energisch in Gang gesetzt hatte.

Draußen befand sich ein Nebengebäude; Kate schaute hinein und stellte fest, daß es einmal ein Stall gewesen war. Hier hatte ihr Großvater seine Patienten behandelt; es waren auch noch Hundehütten vorhanden. Das Gebäude wies erste Anzeichen des Verfalls auf, aber sie erinnerte sich noch an das geschäftige Treiben. Die Regale, auf denen Opa die Medikamente und Instrumente aufbewahrt hatte, waren noch vorhanden, ebenso die Schränke und der Karteikasten, die allerdings jetzt leer waren – überraschenderweise bis auf einen Stoß Staubtücher sowie einen Handbesen samt -schaufel, alle neu und unbenützt.

Das Gehege mit den Hundehütten war von Unkraut überwuchert. Sie würde es säubern, dann konnte sie dort vielleicht doch einen Hund halten.

Das Cottage lag im Schutz eines großen Felsens hoch oben auf dem Berghang. Der Garten stieg weit über ihre Köpfe hinaus steil an und fiel ebenso steil zur Bucht unterhalb von ihnen ab, wo der Wind den Wellen weiße Schaumkronen aufsetzte.

Sie mußte die Betten lüften und eine Mahlzeit zubereiten. Das verschwenderische Mittagessen war nur noch eine Erinnerung, und Kate war plötzlich wieder heißhungrig. Sie schob sich die windzerzausten Haare aus der Stirn, ging ins Haus zurück, schälte Kartoffeln, briet Speck und gab eine Dose Bohnen in Tomatensoße dazu.

Die Kruste des dunklen Brotes, das sie unterwegs gekauft hatten, war knusprig und schmeckte nach Nüssen.

Nach dem Essen ging ihr Vater hinaus, um nachzusehen, ob Holz für den Kamin vorhanden war, während Kate das Haus erforschte.

Es war spärlich möbliert und mußte viel heimeliger gestaltet werden, aber Kate wollte sich nicht beschweren. Ihr Vater war freiberuflich tätig, und es war unvorhersehbar, was als nächstes kam; wenn er einen Auftrag bekam, mußte er ihn annehmen, auch wenn er andere Vereinbarungen getroffen hatte. Es war das erste Mal, daß er in der Lage gewesen war, sie in eine seiner Tätigkeiten einzubeziehen. Seit dem Tod ihrer Mutter hatte er eine Menge Aufträge abgelehnt, damit sie zu Hause bleiben konnte, und er sie nicht in die Obhut von Menschen geben mußte, die sie kaum kannte.

Sie betrachtete die Rohrstühle mit den großen, häßlichen Kissen und dachte sehnsüchtig an ihr früheres Zuhause. Weiße Wände. Und das Vorhangmuster haßte sie auf den ersten Blick.

Das Cottage war genau das richtige für einen kurzen Urlaub, etwas, wo man schlief, das man am frühem Morgen verließ, um zum Angeln zu gehen, und in das man zurückkehrte, um zu essen und wieder zu schlafen. Keinerlei Ziergegenstände waren vorhanden, keinerlei Bilder.

Kate hätte ganz bestimmt andere Farben gewählt, doch man konnte hier leben, auch wenn es eher wie eine provisorische Unterkunft aussah. Vielleicht konnte sie auch etwas daran ändern.

»Eines Tages werden wir irgendwo ein neues Zuhause haben«, hatte ihr Vater gesagt. Ihre Möbel waren eingelagert. Schottland war eine Zwischenstation, und sie würden bald weiterziehen.

Jenseits des dunkel werdenden Wassers erhoben sich die Cuillins im Dunst. »Über das Meer nach Skye.«

Später am Abend, als die Vorhänge zugezogen waren, der Generator pochte – ein ständiges Hintergrundgeräusch –, und der Kassettenrecorder ihnen von nebelverhangenen Inseln und Männern vorsang, die zum Klang von Dudelsäcken und Trommeln marschierten, kehrte bei Vater und Tochter Friede ein.

Sie saßen nebeneinander auf dem Sofa und sahen den rauchenden Flammen zu, die im Kamin tanzten; Gavin hatte sich an die alten Methoden erinnert, an die heißen Kohlen und die Wärme, die sie ausstrahlten, und hatte das Feuer mit Torf bedeckt. Die Nacht war kühl.

Kate lehnte sich an ihren Vater und fühlte sich beschützt und geliebt.

»Mami mochte Hunde«, sagte sie.

Gavin lächelte. Seine Tochter konnte genauso geschickt wie ihre Mutter ein Thema zur Sprache bringen.

»Junge Hunde müssen erzogen werden; sie brauchen Gesellschaft, und ich kann ihn nicht nehmen. Ich werde sehr beschäftigt sein, und du wirst zur Schule gehen. Es wäre unfair, Liebes.«

Kate seufzte. Sie stand auf, streckte sich, ging zum Fenster, schob den Vorhang zur Seite und blickte in die Dunkelheit hinaus.

»Weiter oben auf dem Hügel sieht man Lichter. Wer wohnt dort?« fragte sie.

Gavin trat zu ihr. »Wir werden es bald erfahren – vom Briefträger oder so. In einem kleinen Ort kennt jeder jeden, und der Briefträger kennt alle.«

Drei Tage später kam der erste Besucher – der Briefträger, der beiden Post brachte. Kate saß auf einem Felsbrocken und blickte auf den See hinunter. Ihr Vater war weggefahren, um eine geheimnisvolle Besorgung zu machen.

»Nein, Liebes, ich kann dich nicht mitnehmen. Noch nicht. Vielleicht später«, hatte er gesagt.

Sie war froh, als sie den kleinen roten Lieferwagen erblickte. Es war hier sehr einsam, so einsam, wie sie befürchtet hatte. Der kleine, rundliche, rothaarige Briefträger, dessen Augen fröhlich blitzen, brachte ihr zwei Briefe und ein winziges Päckchen, das an ihren Vater adressiert war.

»Es ist eine schöne Aussicht, aber die Menschen fehlen«, stellte er fest. »Für mich wäre es nicht das richtige. Ich brauche ein Haus in einer Straße voller Menschen und Lärm.« Er zog eine Tafel Schokolade aus der Tasche, brach sie in zwei Stücke und gab eines Kate, bevor er sich auf einen Stein setzte.

»Es hat uns allen sehr leid getan, als wir von deiner Mutter erfuhren«, sagte er.

»Danke«, antwortete Kate, und es fiel ihr zum ersten Mal nicht so schwer, daran zu denken.

»Ja, so etwas geschieht«, meinte er. »Meine Mutter ist gestorben, als ich noch ganz klein war. Ich erinnere mich überhaupt nicht an sie.«

Er biß ein Stück Schokolade ab und blickte zum Wasser hinunter. »Hier gibt es Fischotter, auf den

Hügeln leben Wildtiere und auch eine Menge Vögel, die einem Gesellschaft leisten.«

Kate hatte eigentlich nicht an solche Gesellschaft gedacht. Die Schokolade war dunkel und bitter, ein ungewöhnlicher Geschmack, der ihr zusagte.

»Bleibt ihr lange hier?«

»Ich glaube schon«, antwortete sie. »Mein Vater hat hier eine Menge Arbeit zu erledigen. Wir haben unser altes Haus verkauft. Wir wollten nicht dortbleiben.«

»Um was für eine Arbeit handelt es sich denn?« erkundigte sich der Briefträger.

Kate starrte ihn hilflos an.

»Ich weiß es nicht.« Es klang, als drücke sie sich vor der Antwort. »Er spricht nicht sehr viel mit mir, jedenfalls seit Mami gestorben ist.« Sie hoffte, daß er nicht merkte, wie verlegen sie war.

Er nickte.

»Es dauert seine Zeit, bis man über so etwas hinwegkommt«, bestätigte er. Er akzeptierte ihre Erklärung, obwohl ihn das nicht daran hinderte, später bei einem Glas Bier dem Metzger gegenüber Vermutungen anzustellen.

»Wer lebt da oben auf dem Hügel?« fragte Kate, um das Thema zu wechseln.

»Die alte Mairi Douglas. Sie ist angeblich eine Heilerin, sammelt Kräuter und braut Heiltränke. Sie kümmert sich um die Kinder, wenn die Mütter krank sind. Mairi ist eine gute Frau. Eine gute Nachbarin, das werdet ihr noch merken.«

Er erhob sich gähnend.

»Ich muß jetzt weiter. Ich wünsche euch beiden, daß ihr hier sehr glücklich werdet.«

Sein weiches Schottisch wirkte irgendwie tröstlich. Kate sah dem Lieferwagen nach, der auf der kurvenreichen Straße langsam davonfuhr.

Plötzlich spürte sie hinter sich eine Bewegung. Der Wind trug ihr ein Flüstern zu, leise Pfoten trippelten, eine nur halb sichtbare Gestalt im Gras, ein buschiger Schwanz, ein Kopf wandte sich ihr zu, und grüne, schräge Augen musterten sie durchdringend.

Sie versuchte, im sich bewegenden Heidekraut etwas zu entdecken, aber es war nur der Wind, der sich über sie lustig machte.

Der junge Kater war auf der Suche nach Beute gewesen, da es bei dem verlassenen Haus immer Mäuse gab. Als er einen Menschen sah, war er erschrocken und hatte sich versteckt. Er mußte auf den Hügel hinauf, von der Gefahr fort.

Er brauchte aber auch Nahrung und hatte den Fisch gerochen, den Kate und ihr Vater im Dorf gekauft hatten. Kate hatte ihn gebraten und zum Abkühlen auf das Fensterbrett gestellt; sie wollte am nächsten Tag zum Frühstück Fischfrikadellen machen.

Der Kater brauchte nur einen Augenblick, um auf das Sims des Fensters zu springen, den bereits kalten Fisch zu schnappen und zu verschwinden. Kate betrachtete später den leeren Teller und die Abdrücke der weichen Pfoten auf dem Tuch daneben, und wußte, daß sie sich nicht geirrt hatte.

Im Gras war tatsächlich eine Katze gewesen.

Vielleicht gehörte sie der alten Frau in dem Häuschen oberhalb von ihnen. Vielleicht war es eine Wildkatze. Vielleicht konnte sie sie zähmen. Gegen eine Katze konnte ihr Vater doch nichts einzuwenden haben.

Trotzdem hielt sie es für klüger, ihm nichts davon zu erzählen, und sagte nur, daß ihr der Fisch verbrannt war und sie ihn weggeworfen hatte.

In dieser Nacht konnte sie nicht schlafen; sie war sicher, daß sich außerhalb der Hütte etwas befand. Sie ging zum Fenster und blickte hinunter. Der Kater kauerte, vom Mondlicht silbern beschienen, lauernd im Gras. Er bemerkte sie nicht. Kate hatte noch nie ein so schönes Tier gesehen.

Wenn sie schon keinen Hund haben konnte, würde sie einen Kater haben, und da draußen saß das Tier, das sie brauchte. Er würde ihr Gesellschaft leisten. Er war prachtvoll. Von diesem Augenblick an war sie von dieser Idee besessen.

Drittes Kapitel

Sheina MacDonald war erst seit kurzer Zeit Lehrerin an der Schule, in die alle Kinder ab dreizehn gingen. Sie war jung, und es war erst ihre zweite Anstellung seit dem Collegeabschluß.

Sie war größer als die übrigen Lehrerinnen an der Schule. Rote Locken umschlossen ein herzförmiges Gesicht mit graugrünen Augen, und nur das eigensinnige Kinn verriet guten Beobachtern, daß ihr Charakter ihr Aussehen Lügen strafte.

Ihr Mund gefiel vielen Männern, aber ihr Gesicht wirkte irgendwie traurig. Menschen, die sie nur flüchtig kannten, waren bei den seltenen Gelegenheiten, bei denen ein strahlendes Lächeln plötzlich ihr Gesicht veränderte, verblüfft.

Sie war aus Schottland nach England übersiedelt und hatte drei Jahre lang in einer Stadt an einer großen Gesamtschule unterrichtet.

Eine Liebesgeschichte, die schiefging, und Heimweh waren der Grund dafür, daß sie, als ihre Mutter starb, wieder zu den heimatlichen Hügeln zurückkehrte.

Sie hatte vorgehabt, das kleine Cottage am Bach, in dem sie aufgewachsen war, zu verkaufen. Ihr Vater war Wildhüter auf dem großen Gut gewesen, und als der alte Gutsherr starb und der Besitz verkauft wurde, konnte er dank des Testaments seines Brötchengebers das Haus um einen sehr geringen Betrag erwerben. Es war abgelegen, aber nicht zu abgelegen, und sie besaß ja einen Wagen, der ihr Bewegungsfreiheit verlieh.

Das Cottage bot ihr eine Grundlage für ein eigenes Zuhause statt der kleinen, trostlosen Wohnungen, in denen sie in den letzten Jahren gelebt hatte. Statt der schmutzigen Straßen gab es hier hohe Hügel, Heidekraut, das leise Murmeln des kleinen Bachs und einen Frieden, den sie fast schon vergessen hatte.

Sie fühlte sich alt, traurig und weise, und ihre Kollegen stellten fest, daß sie kratzbürstig und Männern gegenüber sehr mißtrauisch war.

»Wie eine verschreckte Hirschkuh«, erklärte der Zeichenlehrer, nachdem er vergeblich den Versuch unternommen hatte, sie zum Abendessen einzuladen. »Eine solche Vergeudung«, fügte er hinzu und dachte an ihre langen Beine, ihr glänzendes Haar und die umschatteten Augen, die ihn kalt angeblickt und sich dann abgewendet hatten.

Sheina war Kates Klassenlehrerin. Sie kannte die Geschichte des Kindes, wußte, daß die Mutter bei einem Autounfall ums Leben gekommen war, und fand, daß es unglücklich und verlassen aussah.

Kate trug zeitweise sehr merkwürdige Kleidung, die

sichtlich ausschließlich im Hinblick auf ihre Brauchbarkeit gekauft worden war, noch dazu in Farben, die ihr nicht standen. Nichts paßte ihr richtig.

Kate spürte das nie ausgesprochene Mitgefühl und mochte die Lehrerin. Ihr fehlten die langen Gespräche mit ihrer Mutter, das Lachen, die lustigen kleinen Scherze.

Ihr Vater war in seine Arbeit vertieft und oft geistesabwesend. Außerdem war er noch ernster als für gewöhnlich.

Er war oft fort und nahm jedes Mal die Kamera mit. Sie wagte nicht, ihn danach zu fragen, was er filmte. Er hatte ihr erzählt, daß er für eine Fernsehdokumentation filmte, daß aber niemand davon wissen dürfe. Niemand sollte wissen, wohin er ging oder was er tat.

Kate wunderte sich über diese Geheimnistuerei und nahm sie ihm übel. Es fiel ihr schwer, Miss McDonalds Fragen abzuwehren, obwohl sie davon überzeugt war, daß die Lehrerin nicht neugierig war. Sie interessierte sich einfach für ihre Schülerin, und Kate sehnte sich nach jemandem, der Interesse für sie aufbrachte.

Sie fühlte sich jedoch zu sehr als Außenseiterin, um auf die Gelegenheit zu Gesprächen, die die Lehrerin ihr bot, einzugehen. Ihre Mitschülerinnen waren ihr gegenüber mißtrauisch; sie war eine Fremde, die während des Schuljahres hierhergekommen war, und Kate hatte keine Lust, als Liebling der Lehrerin gebrandmarkt zu werden.

Ihre Mutter war Engländerin gewesen, Kate hatte den schottischen Akzent ihres Vaters, der nach Jahren der Abwesenheit von Schottland nur noch schwach war, nie übernommen. Sogar sie fand ihren Akzent seltsam. Niemand sprach so wie sie, nicht einmal Miss McDonald, und manchmal imitierten die anderen Kinder ihre Aussprache und machten sich über sie lustig.

Sie war verlegen, wenn Miss McDonald sich an sie wandte und sie mit einem dialektisch gefärbten »Guten Morgen« begrüßte. Kate antwortete auf ihre Weise, doch das hörte sich an, als wolle sie ihre Lehrerin verbessern. Aber sie kam sich lächerlich vor, wenn sie den schottischen Dialekt nachahmte. Deshalb murmelte sie etwas und erweckte damit den Eindruck, daß sie viel zu schüchtern war, um überhaupt zu sprechen.

Kate wußte, daß es dumm von ihr war, sich deshalb Sorgen zu machen, denn es gab viel wichtigere Dinge, die ihr Sorgen bereiteten; aber das Problem mit dem Dialekt stellte sich ihr täglich. Ihr war auch ihre ausgefallene Kleidung bewußt, die ihr Vater zu groß gekauft hatte, damit sie »hineinwachsen« konnte, so daß ihr alles zu lang und zu weit war.

Für Gavin war Kleidung nur etwas, womit man seine Blößen bedeckte und sich vor Kälte schützte; er trug ausschließlich Jeans und alte Pullover. Die Pullover waren zwar sauber, mußten aber geflickt werden, und Kate flickte sie, so gut sie konnte. Wenn er in dem verbeulten, alten Landrover ins Dorf fuhr und dabei die schäbige Tarnjacke trug, sah er aus wie ein Soldat, der dienstfrei hat.

Die Dorfbewohner fanden, daß die beiden zwei verwahrloste Kinder waren, die die Strömung am Ufer der Bucht wie Treibholz angeschwemmt hatte.

»Das ist kein Leben für ein Mädchen«, stellte der

Postmeister fest, als Sheina Futter für den Schulkater kaufte; der Kater hatte die Lehrerin als Besitzerin adoptiert. Er lebte im Seitenflügel der Schule und jagte fleißig Mäuse, so daß niemand ihn vertreiben wollte. Er war groß und scheckig, schnurrte immer, hatte beachtlich lange, weiße Schnurrhaare und einen nachdenklichen Gesichtsausdruck. Kate hatte ihrerseits den Kater adoptiert und suchte oft in den einsamen Pausen und zu Mittag seine Gesellschaft.

»Redet er mit Ihnen, wenn er zu Ihnen kommt?« fragte Sheina, die mehr über Kates Vater erfahren wollte. Sie mochte ihn nicht, weil er seine Tochter so offensichtlich vernachlässigte.

»Er verlangt, was er braucht, und spricht darüber hinaus kein Wort. Er ist ein mürrischer Mensch«, antwortete der Postmeister und stellte fünf Dosen mit Katzenfutter auf den Ladentisch. »Das macht ein Pfund fünf Pence, Miss MacDonald. Sie kaufen so viel für den Schulkater, daß er ein sehr gesundes Tier sein muß.«

»Er ist ein Goldstück«, erklärte Sheina, und ihrem Gegenüber wurde es warm ums Herz, weil sie plötzlich strahlend lächelte. »Er ist groß und schön. Die Kinder lieben ihn, und er liebt sie.«

»Essen Sie denn diese Woche gar nichts?« fragte der Postmeister, als Sheina sich abwandte und einem hochgewachsenen Mann nachsah, der an dem Laden vorbeigegangen war.

»Das ist Kates Vater. Ich hätte Lust ...« Sie zögerte und verstummte dann, als sie den Mann aus den Augen verlor.

»Am besten, man mischt sich nicht ein. Das Kind ist

gesund, sie bekommt zu essen und ist nicht unglücklicher als jedes andere Kind, das seine Mutter verloren hat«, meinte der Postmeister.

Sheina wandte sich wieder prosaischen Dingen wie Butter, Zucker, Kaffee, Käse und Milch zu und verdrängte die Gedanken an Kates Vater. Vielleicht würde er zum Elternabend kommen, und sie konnte dann mit ihm sprechen.

Vielleicht konnte sie ihn sogar soweit bringen, daß er ihr gestattete, Kate in die Stadt mitzunehmen und ihr hübschere Sachen zu kaufen. Als noch Uniformen vorgeschrieben waren, war es leichter gewesen. Damals sahen alle Schüler gleich aus. Kate würden Jeans, T-Shirts und Pullover besser stehen als die altmodischen, zu langen Röcke und die weißen Blusen, die aussahen, als stammten sie aus einem Secondhand-Laden für Großmütter.

Ihr Anorak war eine kleinere Ausgabe der Jacke ihres Vaters; er hatte ihn im örtlichen Kaufhaus in der Abteilung für Jungen erstanden. Der Mann hatte keine Ahnung ...

Die Tage dehnten sich endlos. Kate war zu schüchtern, um sich in eine der kleinen Gruppen von Kindern zu drängen, die sich zusammengefunden hatten. Sie ging in den Pausen und zu Mittag allein weg, setzte sich in einen stillen Winkel und las ein Buch. Bücher waren ungefährlich. Beim Lesen konnte sie ihre Umgebung vergessen, konnte davon träumen, daß sie erwachsen, reich und berühmt war.

Wenn eine ihrer Mitschülerinnen besonders unfreundlich gewesen war, stellte sie sich manchmal vor, daß sie die Macht besaß, ihnen einen Posten zu verschaffen oder ihnen in ihrem Beruf weiterzuhelfen.

In ihren Träumen weigerte sie sich dann, es zu tun, und sah zu, wie sie den Mut und das Selbstvertrauen verloren. Und wenn sie dann vollkommen deprimiert und verzweifelt waren, hielt sie ihnen die Hand hin, half ihnen und konnte mit ihrer ewigen Dankbarkeit rechnen.

Eine ihrer Lieblingsgeschichten war die von Cuchulain, dem Hund von Ulster, der seinem Herrn so oft das Leben gerettet und in Gefahren und im Unglück an seiner Seite gekämpft hatte. Die Englischlehrerin, eine hochgewachsene, trübsinnige Erscheinung, die kurz vor der Pensionierung stand und wegen ihrer langen, schmalen Schuhe Heringsfuß genannt wurde, schalt Kate, weil sie Geschichten las, die für viel jüngere Kinder bestimmt waren.

Kate konnte ihr nicht erklären, warum ihr die Erlebnisse des treuen Hundes so nahe gingen. Miss Heynon hätte es nie verstanden.

Bei Gelerts Geschichte weinte sie hingegen: Er hatte gegen den Wolf gekämpft, der in das Schloß eindrang, während sein Besitzer auf der Jagd war. Der tapfere Hund rettete dem Kind seines Herrn das Leben. Doch als der Fürst heimkam, die umgestürzte Wiege und das blutbefleckte Bettzeug erblickte, stieß er dem Hund sein Schwert ins Herz. Zu spät fand er den zerfleischten Körper des wilden Eindringlings und das unversehrte Kind.

Wenn sie nur einen kleinen Hund hätte. Oder ein Kätzchen. Oder wenigstens ein Kaninchen oder einen

Hamster, etwas Warmes, Pelziges, das sie an sich drücken und liebhaben konnte. Ihr Vater schloß sie nie in die Arme und küßte seine Tochter auch nicht mehr, weil ihn die Berichte über Kindesmißbrauch verunsichert hatten. Er hielt sich von ihr fern, weil er unsinnigerweise befürchtete, jemand könnte beobachten, daß er sie liebevoll streichelte, und ihm böse Absichten unterstellen. Das Leben hatte ihm schlimm mitgespielt, und der Kummer hatte ihn bei allem, was Kate betraf, überängstlich gemacht.

Er konnte ihr nicht zeigen, daß er sie liebte. Er wußte einfach nicht, wie.

Kate, der die Sorgen der Erwachsenen fremd waren, sehnte sich danach, daß er wieder so zärtlich zu ihr war wie damals, als ihre Mutter noch lebte. Doch sie versuchte nie, ihn um einen Kuß oder darum zu bitten, daß er ihr den Arm um die Schultern legte. Die Kluft zwischen ihnen wurde immer größer.

Ihre kindlichen Probleme interessierten ihn nicht, und er hatte auch keine Lust, mit ihr über die Bücher zu sprechen, die sie las. Manchmal half er ihr bei der Hausarbeit, meinte jedoch, sie solle versuchen, selbst mit den Problemen fertigzuwerden, statt zu ihm gelaufen zu kommen. Die Welt war grausam; wenn Kate älter wurde, würde sie mit dieser Grausamkeit konfrontiert werden, sie sollte deshalb lernen, mit ihr fertigzuwerden.

Einst hatte er das Leben als eine Herausforderung betrachtet, der er sich gemeinsam mit seiner Frau stellen wollte, und hatte mehr Kinder als nur Kate haben wollen. Doch die Kinder waren nicht gekommen, bis seine Frau wenige Monate vor dem Unfall festgestellt hatte, daß sie schwanger war. Man sagte ihm, daß das Kind ein Junge gewesen war.

Nachts wurde der Zorn oft übermächtig, so daß er aufstand, sich anzog, über die Hügel wanderte und mit dem Schicksal haderte, das ihm Kates Mutter und seinen Sohn geraubt hatte. Einen Sohn, bei dem er miterlebt hätte, wie er erwachsen wurde. Kate hätte das Kind geliebt. Sie war in Babys vernarrt und hatte immer einen Bruder oder eine Schwester haben wollen. Sie hatte von der Schwangerschaft gewußt, aber man konnte ihren Kummer um dieses Kind nie mit dem seinen vergleichen. Er konnte auch nicht mit seiner Tochter sprechen. Sie war zu jung, um seine Sorgen zu verstehen. Wenn er zu Hause war, aßen sie zwar gemeinsam, aber mehr als Höflichkeit gab es dabei nicht.

»Bitte, gib mit das Salz, Vati. Schmeckt dir das Essen?«

Er sagte immer ja, weil sie sich bemüht hatte, obwohl sie viel zu lernen hatte und ihre Versuche, etwas Anspruchsvolleres auf den Tisch zu bringen, manchmal danebengingen. Dann sah sie ihn mit großen, ängstlichen Augen an und wartete darauf, daß er das Essen beanstandete, weil es schrecklich schmeckte.

Am dritten Sonntag nach ihrer Ankunft wartete sie, bis Gavin das Haus verlassen hatte, zog sich dann rasch an und folgte ihm. Den Hügel hinunter und den Strand entlang; sie hielt sich sorgfältig außer Sichtweite und suchte seine Fußspuren im welligen, nassen Sand. Dann einen Steilhang hinauf, weiter zur Heide und über den sumpfigen Torf, wo sie den Tümpeln ausweichen mußte.

Sie kam sich vor wie ein Spion, der einen feindlichen Agenten verfolgte. Sie fühlte sich wie einer der drei Musketiere, im Dienst der Königin unterwegs. Ihre Belohnung würden Orden und unvorstellbarer Reichtum sein. Sie stellte sich vor, ein Monarch zu sein, der zu seiner Armee ritt.

Über ihr bewegte sich etwas. Sie blieb stehen und blickte zum Himmel empor. Blauer Himmel mit kleinen, weißen Wolken, die an der Sonne vorbeizogen. Und dort oben segelte der schönste Vogel der Welt mit dem Wind.

Das Licht vergoldete seine Federn. Er war ein hoch emporsteigender Herrscher, der König der Berge, und jetzt kannte sie das Geheimnis ihres Vaters. Er filmte ein Adlernest. Den Goldadler. Sie sah dem großen Vogel zu; er legte sich in die Kurve, kreiste, flog auf die Berge zu und stieg immer höher, bis er so klein war wie eine Schwalbe und sie ihn schließlich nicht mehr sah.

Sie wußte, warum ihr Vater es ihr nicht erzählt hatte. Sobald andere von der Anwesenheit der Adler erfuhren, befanden sich die Vögel in Gefahr. Die Lage des Nestes mußte ein Geheimnis bleiben, sonst würden Menschen hierherkommen und vielleicht die Eier stehlen. Oder sogar die Jungvögel. Deshalb hatte er es ihr nicht erzählt, doch es schmerzte Kate, daß er ihr nicht vertraute. Sie wäre am liebsten selbst hinaufgeklettert, aber das war gefährlich, und wenn ihr Vater sie dabei erwischte, würde es für sie ernste Schwierigkeiten mit ihm geben. Sie konnte jedoch hierherkommen, den Altvögeln beim Fliegen zusehen und vielleicht auch die Jungen bei ihren ersten Flugversuchen beobachten. Wenn sie nur den Film zu sehen bekam, war es nicht das gleiche. Hier waren die Vögel so nahe.

Sie blieb sitzen und musterte die Umgebung. Wenn sie wenigstens das Nest hätte sehen können.

Sie erkannte seine Umrisse hoch über ihr am Rand eines Felsabsturzes. Das Versteck ihres Vaters mußte sich oberhalb des Nestes befinden, denn nur von dort aus konnte er die Vögel filmen.

Sie mußte es sehen; sie mußte das Weibchen beim Brüten, die kleinen Vögel beim Schlüpfen und den großen Haufen aus Ästen sehen, in dem sie nisteten und von dem ihr ihr Vater erzählt hatte. Er liebte Adler und hatte immer vorgehabt, sie eines Tages zu filmen, ihre Geheimnisse zu ergründen und sie der Welt zu zeigen.

Konnte sie hinaufklettern, ohne daß er sie sah? Nicht weit von ihr befand sich ein tief eingeschnittener Wasserlauf; sie war sicher, daß sie ihn leicht erreichen konnte und daß er ihr Deckung bieten würde. Sie würde durch ihn über das Nest gelangen, und die hohen, überhängenden Felsen würden sie vor der einzigen Stelle verbergen, an der sich ihr Vater befinden konnte.

Sie sah zu, wie ihr Vater auf den felsigen Hügel hinaufkletterte. Immer höher, bis zum Himmel. Sie blieb stehen und duckte sich, und er verschwand über den kleinen Grat. Er hätte ihr vertrauen sollen.

Sie würde es nie, niemals jemandem erzählen. Selbst

wenn ein Feind sie gefangennahm und folterte, würde es ihm nie gelingen, ihr das Geheimnis zu entreißen. So gut sollte ihr Vater sie kennen.

Sie würde ihr Wissen für sich behalten, würde niemandem verraten, daß sie das Nest ebenfalls entdeckt hatte. Es würde ihr Geheimnis bleiben. Er würde nie merken, daß sie über seinen Film, über die Vögel, die dort oben nisteten, Bescheid wußte. Sie würde sie auf eigene Faust beobachten, und wenn sie erwachsen war, würde sie ihn eines Tages damit überraschen. Vielleicht würde sie ein Buch über die Adler und ihre eigenen Erfahrungen mit ihnen schreiben.

Beherrscher der Hügel von Kate McKendrick. Alle würden es lesen, die Zeitungen würden ihren Namen drucken, alle Kritiker würden begeistert sein, sie würde berühmt werden, und vielleicht würde ihr Vater dann endlich stolz auf sie sein. Die Mädchen in der Schule würden ihr Buch in den Buchhandlungen sehen, sich an die Mitschülerin erinnern, die sie wegen ihres komischen Akzents ausgelacht hatten, und es würde ihnen leid tun, daß sie sich nicht mit ihr angefreundet hatten.

Der Adler kam mit weit ausgebreiteten Flügeln wieder in Sicht – ein König der Lüfte. Er jagte für sich, für sein Weibchen und vielleicht auch für die Jungen. Sie stellte sie sich vor: Noch häßlich, beinahe federlos, wie sie mit weit aufgesperrten Schnäbeln um Futter schrien.

Ihr Vater hatte so oft von ihnen gesprochen. Sie erinnerte sich daran, wie er in ihrem alten Haus im Lehnstuhl am Kamin saß und sein Gesicht vor Begeisterung strahlte.

»Es sind so schöne, so riesige Vögel, Kate. Kein Vergleich zu den Sperlingen und Buchfinken, die es hier gibt. Sie leben in den Bergen, es sind die Könige unter den Vögeln. Wenn das Sonnenlicht auf ihre Federn fällt, leuchten sie wie Gold, wie eine Himmelskrone.«

Als sie noch sehr klein war, hatte er sie in eine Falknerei mitgenommen, in der es einen Goldadler gab. Dort wurden auch andere Adler gehalten, aber diesen hatte sie geliebt. Er war ein sanfter Vogel und daran gewöhnt, daß man ihn anfaßte, im Gegensatz zu dem großen Himalaja-Adler im nächsten Käfig, der jeden, der sich ihm näherte, mit seinem großen, gefährlichen Schnabel bedrohte. Wenn er sein Futter bekam, reichte man es ihm auf einer Stange, denn sonst griff er den Menschen an, der ihn fütterte.

Die Leute in der Falknerei nahmen an, daß Goldie aus einem Nest gestohlen worden war, bevor er flügge war; dann hatte man ihn mehr schlecht als recht aufgezogen und an einen Händler verkauft, der ihn in einen viel zu kleinen Käfig steckte. Als ihn die Leute vom Greifvogelzentrum fanden, waren beide Flügel gebrochen gewesen, weil sie gegen die Eisenstangen seines engen Käfigs geprallt waren, wenn er versuchte, sie auszubreiten.

Hier hatte er einen riesigen Käfig und konnte ein wenig fliegen, würde aber trotzdem sein Leben in Gefangenschaft verbringen. Er genoß es, wenn man ihn liebkoste; dann lag er in den Armen des Falkners auf dem Rücken, streckte die Beine in die Höhe und gab leise, glückliche Laute von sich. Wenn er fraß, breitete er die Flügel über sein Futter, so daß es niemand sehen konnte.

»Er ist nie erwachsen geworden«, hieß es. Man schätzte ihn auf vier Jahre. Er konnte nicht in die Wildnis zurückkehren, weil die Flügel nicht richtig verheilt waren und er nur langsam und ungeschickt flog. Er konnte nie mehr selbst jagen.

Kate konnte es nicht mehr ertragen: Sie mußte die Vögel in ihrem angestammten Nest sehen. Sie war auf ihren Vater böse, und das beeinflußte ihre Entscheidung. Sie würde allein zum Nest gelangen, es irgendwie allein schaffen. Ihr Vater würde es nie erfahren. Wenn er täglich mit seiner gesamten Ausrüstung hier hinaufkletterte, konnte es nicht zu schwierig sein.

Sie hörte nicht auf die warnende Stimme ihres Gewissens, sondern begann zu klettern.

Zuerst ging alles gut, und sie genoß die Bewegung. Den Felsen hinauf, immer hinauf. Ein Griff für die Hand, ein Tritt für den Fuß, halte an und atme. Sie hatte nie vor der Höhe Angst gehabt, und als der Boden unter ihr schon sehr weit entfernt war, blickte sie hinunter und sah ein Kaninchen, winzig klein, wie ein Spielzeugtier, das stehenblieb, den Kopf hob und zum Himmel hinaufschaute.

Und dann stürzte der Vogel auf sie zu, schoß durch die Luft hinunter, hatte die Klauen ausgestreckt und auf ihr Gesicht gerichtet, und sie wußte, daß er ihr drohte.

Wenn sie fiel ...

Wenn sie blieb ... würde sie sterben, weil die Klauen ihr Gesicht und Augen zerkratzen und die großen

Flügel auf sie einschlagen würden. Oder sie würde abstürzen, den Absturz vielleicht überleben, aber dennoch ihr Augenlicht verlieren, weil ihr die Krallen immer näher kamen. Sie hörte den Wind in seinen Federn rauschen, hörte seine Flügelschläge, und seine wilden Schreie betäubten sie. Er haßte sie, den Eindringling, der sein Revier bedrohte.

Er versuchte nicht, sie zu vertreiben. Sie war davon überzeugt, daß er sie töten wollte.

Der Vogel kreischte, versetzte sie in Schrecken, warnte sie davor, dem Nest noch näher zu kommen.

Er hat bestimmt Junge im Nest. Er hat Angst, daß ich sie ihm raube oder ihnen etwas tue. Er beschützt sie, dachte Kate verzweifelt.

Der Adler flog von der Wasserrinne fort, stieg empor, und dann stürzte er wieder kreischend mit ausgestreckten Klauen auf sie zu, um ihr das Gesicht zu zerreißen. Sie klammerte sich an die Felsen, preßte sich an den Stein, spürte den Luftzug, als er an ihr vorbeiflog, und dann war er unterhalb von ihr.

Sie glaubte, daß er fort war.

Er ließ sich vom Aufwind emportragen und gewann an Höhe, aber nur, um sich wieder auf sie zu stürzen und sie zu bedrohen; jeder Zoll seines Körpers zeigte, wie empört er über ihr Eindringen war.

Sie dachte an ihren Vater, der sich irgendwo über ihr befand, mit seiner Kamera beschäftigt war und nicht wußte, daß es seine Tochter war, die sich in Lebensgefahr befand.

Sie würde auf die Felsen stürzen. Die großen Klauen würden sie zerreißen. Sie würde aus Dummheit sterben, weil sie nicht gewartet hatte, bis ihr Vater sie ins Vertrauen zog, weil sie die freifliegenden Adler aus nächster Nähe hatte sehen wollen.

Jetzt erlebte sie den großen Vogel in seiner ganzen Majestät, während er versuchte, den winzigen Eindringling aus seinem Reich zu vertreiben. Er kam wieder heruntergeschossen, und die wilden Schreie klangen wie Totengeläut. Kate klammerte sich an den Felsen, war so verängstigt, daß sie nicht wagte, sich zu bewegen, wußte nicht, ob es besser war hinauf- oder hinunterzuklettern oder sich nicht zu rühren und so zu tun, als wäre sie ein Teil des Felsens.

In der Nähe gab es niemanden, der ihr helfen, den großen Vogel von ihr ablenken konnte. Sie wußte nicht, wohin sie sich wenden sollte.

Sie hatte noch nie solche Angst gehabt.

Viertes Kapitel

Kate klammerte sich an den Felsen, drückte sich an ihn und verbarg ihr Gesicht am rauhen Stein. So waren wenigstens ihre Augen in Sicherheit. Sie kam sich unsagbar verletzlich vor, denn die großen Klauen konnten ihre Haut aufreißen, konnten bis zu den Knochen dringen.

Der Vogel stieg plötzlich hoch empor, Stille trat ein, und in dieser Stille vernahm sie das Dröhnen eines Motors. Irgendwo in der Ferne flog der Rettungshubschrauber zu einem Unfall. Der zitternden Kate wurde klar, daß er genausogut später am Tag zu ihr hätte unterwegs sein können, um ihren zermalmten Körper von den Felsen unterhalb von ihr zu bergen.

Das ferne Dröhnen des Motors wurde lauter. Der Adler, den ein Geschöpf bedrohte, das größer war als er, flog zu einem sicheren Versteck. Kate sah den Hubschrauber nicht, war aber über seine Anwesenheit froh.

Sie hatte überhaupt kein Verlangen mehr danach,

das Nest zu sehen. Ihr war kalt, und sie zitterte. Sie kletterte die Wasserrinne hinunter und kehrte ans Ufer der Bucht zurück. Jetzt war ihr Leben noch komplizierter geworden; sie kannte das Geheimnis ihres Vaters und durfte es ihn nicht merken lassen.

Die Versuchung, sich zu verraten, war sicherlich am größten, wenn sie müde war und sie zusammen in der Stille und der Wärme des Kaminfeuers saßen, das den Raum mit Schatten füllte.

Konnte sie ihm erzählen, was sie wußte? Ihm versichern, daß sie ein Geheimnis genauso sicher bewahren konnte wie er, daß sie das Nest nicht gefährden und dafür sorgen würde, daß es niemand fand? Obwohl auch andere die Adler sahen, wenn sie über den Hügeln kreisten, und daher wußten, daß es sie gab.

Sie hatte ihrem Vater gegenüber ein sehr schlechtes Gewissen, als sie sich an den Strand setzte und den Vormittag damit verbrachte, Steine über das Wasser hüpfen zu lassen. Obwohl die Sonne warm schien, war ihr noch immer kalt, und die Erinnerung an den kreischenden Schnabel, die ausgestreckten Krallen und die schlagenden Flügel verfolgte sie noch wochenlang im Traum.

Sie hatte vergessen, daß Adler so riesig waren. Wenn Goldie mit gefalteten Flügeln auf dem Boden hockte, hatte er viel kleiner ausgesehen. Sie hatte nie erlebt, daß er mit ausgebreiteten Flügeln über ihr schwebte. Hier hatte der Schatten des Adlers sie eingehüllt und die Sonne verdeckt. Kein Wunder, daß die kleinen Tiere flohen, wenn ein Raubvogelschatten über den Boden glitt.

Sie sehnte sich immer mehr danach, daß ihr Vater mit ihr sprach, aber sie wagte nicht, ihn zu fragen, wohin er ging, obwohl sie es wußte. Sie konnte ihm nicht sagen, daß sie es wußte. Manchmal folgte sie ihm wieder, suchte auf dem Hang eine Stelle, an der sie sich hinlegen konnte, und sah zu, wie der Adler emporstieg.

Sie war davon überzeugt, daß sich der Vogel nicht mehr um sie kümmern würde, wenn sie nicht wieder versuchte, zu dem Nest hinaufzuklettern. Die übrigen Vögel gerieten in Aufruhr, wenn das große Geschöpf mühelos kreisend oder flügelschlagend auf sie zukam; einmal flog er über Kate hinweg, so daß sie die Farben seiner Feder, die großen Klauen, den riesigen Körper deutlich sehen konnte.

Sie erschauerte, als sie sich an ihr Abenteuer erinnerte, und duckte sich genauso verängstigt auf den Boden wie ein Kaninchen.

Sie erlebte im Geist noch einmal, wie sie sich an den Felsen geklammert hatte, als der Adler versuchte, sie zu vernichten.

Einen Augenblick später hörte sie den Schrei eines kleinen, sterbenden Tieres und sah zu, wie er mit einem kleinen Kaninchen in den Krallen wieder in die Höhe stieg.

Warum mußten manche Geschöpfe sterben, damit andere leben konnten? Warum hatte ihre Mutter sterben müssen? Es war besser, wenn sie sich wieder in Bücher vertiefte. Wenn sie von Rittern und schönen Jungfrauen, von Drachen und anderen Märchenfiguren träumte, weil sich so viele der modernen Bücher mit ihren oder noch schlimmeren Problemen beschäftigten, während sie sie vergessen und nichts mehr von ihnen hören wollte; sie wollte auch nicht mit anderen leiden, die das gleiche mitgemacht hatten wie sie.

Sie wollte in eine Welt entfliehen, in der das Leben freundlich war, in der die Frauen schön waren, die Männer gut aussahen und tapfer waren und in der es Höflichkeit und Ritterlichkeit gab.

Die guten Ritter besiegten immer die bösen Ritter und die Drachen, die Jungfrauen wurden immer gerettet und heirateten ihren Retter.

Sie starben nicht zu früh bei Autounfällen, so daß ihre Kinder mutterlos zurückblieben.

Obwohl sie wußte, daß ihre Träume nichts mit der Realität zu tun hatten und daß das Leben wahrscheinlich für niemanden jemals so gewesen war, wie sie es sich vorstellte, wollte sie keine Bücher über Alltagshelden lesen, die Menschen wie sie waren und in der erbärmlichen Welt lebten.

Manchmal setzten sich ihre Träume bis in die Schulstunden fort; sie sah dann durch das Fenster auf die belebte Straße jenseits des Schulspielplatzes hinaus, die sich so sehr von den stillen, mit Heidekraut und Farnen bestandenen Hügeln um ihr Cottage unterschied, und wurde oft getadelt, weil sie nicht aufgepaßt hatte.

»Sie ist intelligent«, erklärte Sheina der Turnlehrerin, die ihre einzige Vertraute war. »Aber sie ist so still, und ich kann ihr keinen Funken Leben entlocken. Sie ist zu brav, zu höflich, zu zurückhaltend. Ihr einziger

Fehler ist ihre ständige Verträumtheit, als wäre sie weit weg und überhaupt nicht Teil der Klasse.«

»Ein solches Kind sollte nicht von einem Mann aufgezogen werden«, meinte Alison Nunn scharf. Sie war geschieden und hatte eine kleine Tochter. Ihr Mann hatte sie wegen einer viel jüngeren und hübscheren Frau verlassen und sich eine zweite Familie geschaffen. Alison hatte nichts für Männer übrig, denn ihr Vertrauen zu ihnen war zu tief erschüttert. Sheina, die ebenfalls von einem Mann verletzt worden war, fand in der Älteren eine gleichgesinnte Gefährtin.

Kate kam oft in ein leeres Haus zurück; manchmal hatte sie das Gefühl, daß ihr Vater nur noch eine Erinnerung war. Die jungen Adler mußten jeden Augenblick schlüpfen, und er lebte praktisch auf dem Hügel. Obwohl sie wußte, warum er nicht bei ihr sein konnte, sehnte sie sich nach seiner Anwesenheit und fragte sich manchmal, ob er überhaupt noch wußte, daß es sie gab.

Sie liebte die Poesie; Tennysons Gedicht über Mariana in der unzugänglichen Scheune hatte es ihr besonders angetan und sie las es immer wieder. All die Trostlosigkeit und Einsamkeit:

> Die verfallenen Schuppen wirkten traurig und
> fremd:
> Der große Riegel war vorgeschoben;
> Mit Unkraut bestanden und abgenützt das alte
> Stroh
> Auf der einsamen, unzugänglichen Scheune.

Die alten Ställe hinter dem Cottage waren Überbleibsel aus einer wohlhabenderen Zeit. Das Schieferdach war unter einer dicken Schicht Moos versteckt, so daß man es nicht mehr sah, und in einer Ecke der Dachrinne wuchs Farnkraut. Der Wind jaulte durch die Spalten unter den Türen, und an der Stelle, an der eine Schieferplatte fehlte, drang der Regen durch das Dach. Niemand brauchte die Ställe mehr.

Ihr kam vor, daß sie nichts anderes mehr tat, als auf die Schritte ihres Vaters auf dem Weg, auf seine Stimme, die nach ihr rief, wenn er die Tür öffnete, auf seine Anwesenheit im stillen Zimmer zu warten.

An einem Abend kam er viel später als sonst nach Hause. Das erste Küken war in der Nacht geschlüpft, und er war nicht dabeigewesen. Er war entschlossen, diesmal das Schlüpfen des feuchten, kleinen Geschöpfs nicht zu versäumen. Es war möglich, daß das zuerst geborene Junge das zweite aus dem Nest stieß und damit tötete. Gavin wollte auch diese Szene filmen. Er konnte nichts unternehmen, um sie zu verhindern.

Kate fand keine Ruhe. Sie hatte das Abendessen gekocht und allein gegessen. Sie sah aus dem Fenster und sehnte sich danach, daß die große Gestalt über den Hügel zu ihr kam. Sie sehnte sich danach, daß er sie so begrüßte wie früher, als sie klein gewesen war, als er sie hochhob und so heftig an sich drückte, daß ihr die Luft wegblieb.

Manchmal glaubte sie nachts, einen Kater zu hören, aber es dauerte Wochen, bis sie das Tier wiedersah. Er hatte auf dem Hügel gejagt, nichts gefangen und war hungrig. Er erinnerte sich daran, daß es bei dem

Cottage Futter gab, suchte ein Versteck und beobachtete das Haus.

Die Nacht war sehr warm, und das Küchenfenster stand offen. Kate hatte Würste und Kartoffelbrei zubereitet und stellte die Portion ihres Vaters auf die Anrichte. Wenn er kam, konnte sie das Essen für ihn wärmen.

Sie kniete lange am Fenster und sah zu, wie sich das düstere Meer gegen den Kiesstrand warf, zurückflutete und wiederkam, und wie die Wellen immer höher wurden. Der Wind nahm zu, und gegen Mitternacht, wenn das Wasser gegen das Land kämpfte, würde das ewige Donnern und Tosen wieder einsetzen.

Kate war mit der Hausarbeit fertig, holte sich ein Buch und setzte sich hin, um zu lesen.

Der Kater war ein geräuschloser Dieb auf weichen Pfoten, sprang durch das offene Fenster, fraß schnell mit aufgestellten Ohren, um jedes Geräusch zu hören, und war bereit, wenn jemand den Raum betrat, genauso schnell zu verschwinden, wie er gekommen war.

Niemand störte ihn; er kehrte zu der windabgewandten Seite eines Felsens zurück, der ihn auch vor dem Regen schützte, streckte sich und schlief schnurrend und gesättigt ein. Als Gavin hereinkam, wollte Kate den Teller aus dem Nebenraum holen, blieb jedoch verdutzt stehen und starrte ihn an. Es war nichts mehr da, und sie mußte hastig Speck mit Ei braten und eine Dose Bohnen mit Tomatensoße dazu wärmen; wohin war die Portion ihres Vaters verschwunden?

»Kannst du dieses Wochenende nicht mal zu Hause bleiben und nicht arbeiten?« fragte sie hoffnungslos.

Die Wochenenden kamen ihr endlos vor, denn ihr Vater ließ sie bedenkenlos den ganzen Tag allein.

»Wir brauchen Geld, um zu leben, Kate«, erklärte Gavin. »Geld wächst nicht auf den Bäumen. Ich muß bei diesem Film eine gute Arbeit abliefern. Dann bekomme ich weitere ähnliche Aufträge, und wir können andere interessante Orte kennenlernen.«

Für mich sind diese Orte nicht interessant, dachte sie, sagte es aber nicht. Sie brauchten Geld, um zu leben. Eine Menge Geld, war ihr klargeworden, seit sie die Lebensmittel einkaufte, und manchmal gab ihr ihr Vater nicht genug Geld, und sie mußte ihn um mehr bitten.

Die Postmeisterin bemerkte ihre Probleme und erteilte ihrem Mann Anweisungen, so daß das Mädchen immer eine Liste mithatte. Kate schrieb alles sorgfältig auf, damit sie nicht den Überblick verlor, und der Postmeister schrieb zu jedem Posten den Preis dazu. Er hatte den Eindruck, daß der Vater in höheren Regionen schwebte und keine Ahnung hatte, was Lebensmittel und andere für einen Haushalt erforderliche Dinge kosteten.

Kate fragte sich manchmal besorgt, ob sie vielleicht mehr Geld ausgab, als sie besaßen, und Gavin kam nie auf die Idee, ihr zu erklären, daß sie wesentlich weniger verbrauchten, als er verdiente. Er befürchtete immer, daß er keine neuen Aufträge bekommen, daß eines Tages niemand mehr Filme bei ihm bestellen würde, und hatte keine Ahnung, was er dann unternehmen sollte. Filmemachen war das einzige, was er beherrschte.

Ihm wurde erst jetzt klar, was für eine Stütze er an seiner Frau gehabt hatte. Sie hatte ihm immer wieder Selbstvertrauen gegeben, hatte ihn zum Lachen gebracht, hatte ihm die Sorgen vertrieben – er neigte dazu, sich Sorgen zu machen, auch wenn er gar keinen Grund dazu hatte.

Er war nie auf die Idee gekommen, daß er seine Frau und mit ihr seinen ungeborenen Sohn verlieren könnte. Jetzt erfaßte ihn manchmal beim Filmen schreckliche Angst, weil er befürchtete, daß Kate etwas zugestoßen war. Daß sie auf den Felsen ausgeglitten und gestürzt war, daß sie beim Schwimmen ertrunken war und daß er jetzt ganz allein auf der Welt stand. Und obwohl die Adler unterwegs waren und er sie eigentlich filmen sollte, ließ er seine Arbeit im Stich und lief zu ihr hinunter, um sie zu sehen, um sich zu vergewissern, daß alles in Ordnung war.

Doch wenn sie dann vor ihm stand, brachte er es nicht über sich, sie an sich zu drücken. Er nickte ihr nur zu und ging ins Haus, um ihr beim Kochen zu helfen oder um zu warten, bis sie das Essen auftrug.

Kate erfand Beschäftigungen für sich. Sie erforschte die Felsen und die kleinen Tümpel am Strand und begann zu zeichnen: die faserigen, blumenartigen Seeanemonen, den farbigen Tang, das zarte Seegras, den Blasentang mit den anschwellenden Hülsen, die so lustig knallend aufsprangen, wenn sie trocken waren. Sie beobachtete die kleinen Krabben, die sich auf die Zehenspitzen stellten, ihre Scheren wütend schwenkten und ihr drohten, lachte über die winzigen, heldenhaften Liliputaner und kam sich wie Gulliver vor.

Sie wanderte über die Hügel und sah zu, wie die Vögel aufstiegen und kreisten. Sie lauschte dem endlosen Murmeln des Meeres und liebte die erregenden, stürmischen Tage, wenn der Wind um das Haus heulte, die Wellen gegen die Felsen prallten und die Gischt hoch emporflog.

Vielleicht würde ein Arm aus der Tiefe auftauchen und ein Schwert für einen König schwenken. Oder eine Seejungfrau würde an die Oberfläche kommen und singen. Doch statt dessen tauchte an einem unvergeßlichen Nachmittag ein Kopf auf, ein kluger, runder Hundekopf, der Kopf eines Seehundes.

Kate rührte sich nicht und schaute nur, und der Seehund schien sie zu beobachten. Dann bewegte sich etwas zwischen den Felsen. Dort lag ein Seehundjunges und rief sehnsüchtig nach seiner Mutter. Kate duckte sich, versuchte, sich unsichtbar zu machen, so gut es ging, und sah zu, wie die Seehundmutter unbeholfen und schwerfällig auf das Ufer kam und das Junge ihr entgegenwatschelte. Es drückte sich an die große Gestalt, neben der es winzig aussah, und begann zu saugen; seine Mutter schwenkte eine Flosse über ihm, als beschütze sie es.

Kate rührte sich lange Zeit nicht, bis Mutter und Kind wieder ins Wasser zurückkehrten, in ihre eigene Welt, die sich grundlegend von der Welt der Menschen unterschied. Wie war es, wenn man ein Geschöpf der Wellen war und Fische jagte? Wenn man auf der Suche nach Nahrung pfeilschnell durch die Tiefe glitt? Sahen die Seehunde die Welt so wie die Menschen voller Farben und Licht, oder war es eine gänzlich andere

Welt, weil ihre Augen anders sahen als die der Landbewohner?

Kate erhob sich steif und ging zum Haus zurück. Irgendwo hoch oben auf den Hängen knallte es. Jemand schoß. Einen Hasen oder vielleicht ein Kaninchen. Sie haßte es, daß Tiere sterben mußten, um den Menschen als Nahrung zu dienen, aber sie selbst aß Fleisch und Fisch und hätte sich nie mit einer vegetarischen Kost abgefunden. Es war besser, wenn man nicht daran dachte, wie das Fleisch auf den Teller kam.

Inzwischen mußten die jungen Adler geschlüpft sein, und Kates Vater würde keinen Augenblick ihrer Entwicklung versäumen wollen, würde festhalten wollen, wie die kleinen Schnäbel weit aufgerissen um Futter bettelten und wie die Eltern sich verhielten. Jagten beide oder nur einer von ihnen? Was für Nahrung brachten sie, und wie machten sie sie für die Jungen zurecht? Es gab so vieles, das man herausfinden mußte. Wenn sie nur dabeisein könnte! Ihr Vater war in seinem Versteck bestimmt vor dem zornigen Vogel sicher, der versucht hatte, sie zu töten.

Die Vögel hatten so viele Feinde. Die Schafhirten, die davon überzeugt waren, daß die erwachsenen Vögel Lämmer stahlen, obwohl das nicht stimmte; die Wildhüter, die wußten, daß die Adler Waldhühner schlugen; die Jäger, die um des Vergnügens willen töteten.

Und wenn der Schuß in den Hügeln den Adlern gegolten hatte? Oder ihrem Vater? Kate hatte plötzlich Angst und das gefühl, daß sie von Feinden umgeben war, die nur darauf warteten, sich auf sie zu stürzen.

Wenn sie doch einen Hund hätte, der ihr Gesellschaft leistete und sie beschützte. Hier war es zu einsam; nur der weite Himmel, das ewig in Bewegung befindliche Meer, die weißen Vögel, die kummervoll schreiend am Himmel kreisten.

Warum nahm ihr Vater sie nicht mit, damit sie die Adler gemeinsam mit ihm beobachten konnte? Sie würde nicht das geringste Geräusch machen, ihn nicht stören. Sie haßte plötzlich das Cottage, haßte das Meer, dessen Tosen nie aufhörte, haßte die Welt, die ihr die Mutter genommen hatte.

Sie hatte niemanden, an den sie sich wenden konnte, und niemanden, der sie aufnehmen würde. Beinahe haßte sie ihren Vater wegen seiner Selbstsucht. Er dachte immer nur an seine Gefühle und nie an die ihren. Er sprach kaum, war stets mit sich beschäftigt, legte sich die Arbeit des nächsten Tages zurecht und konzentrierte sich ausschließlich auf die Adler, die ihm wichtiger waren als seine Tochter.

Kate hatte die Arme um die Knie geschlungen und blickte zum Wasser hinunter. Sie sehnte sich nach Freundinnen und hübschen Kleidern. Sie sehnte sich nach Lachen und Unterhaltung. Sie sehnte sich danach, in der Schule akzeptiert zu werden, aber solange sie so sonderbar gekleidet war, würde sie das nie erreichen. Wenn sie doch mit blauen Augen und blonden Locken auf die Welt gekommen wäre, wenn sie doch hochgewachsen und schlank wäre und eine Figur wie Miss McDonald hätte. Für Kate war ihre Lehrerin eine der schönsten Frauen, die sie je gesehen hatte. Sie war beinahe genauso schön, wie ihre Mutter gewesen war.

Sie mochte ihre Jeans nicht. Sie waren aus kratziger Baumwolle, die ihre Haut aufrieb. Als sie acht gewesen war, hatte ihr ihre Mutter ein Kleid für eine Kinderparty genäht; der Stoff war hellblau und mit winzigen weißen Blumen bestickt. Der Rock war mit Volants besetzt. Das Kleid hatte einen breiten Gürtel sowie schmale Rüschen am Hals und an den Ärmeln. Sie hatte das Kleid geliebt, war sich in ihm erwachsen und elegant vorgekommen und war entsetzlich unglücklich gewesen, als sie aus ihm herauswuchs. An die Kinderparty erinnerte sie sich nicht, aber das Kleid sah sie noch genau vor sich.

»Es hat keinen Sinn, mit offenen Augen zu träumen, Kate McKendrick«, sagte sie sich laut, nur um sich davon zu überzeugen, daß sie noch sprechen konnte. Sie ging ins Haus, machte sich ein dickes Sandwich mit Käse und Essiggurken zurecht und ging damit auf den Hügel hinauf. Über dem Heidekraut tanzten Schmetterlinge, und eine Biene sammelte eifrig auf den hellen Blüten Pollen. Das ausnahmsweise ruhige Meer flüsterte leise am Rand der Bucht, und der Seetang leuchtet in dem ungewöhnlich warmen Sonnenschein.

Kate setzte sich auf einen Felsen und blickte auf die blaue Wasserfläche und auf die sie umgebenden Hügel hinunter, die in der Ferne blau schimmernd verschwammen. In der Nähe des Ufers brachen sich die Wellen an einer Felseninsel; Kate war davon überzeugt, daß sich dort die Seehunde sonnten, wenn die Sonne schien. Vielleicht würde ihr Vater ihr zum Geburtstag einen Feldstecher schenken.

Sie blickte auf den Felsen zu ihren Füßen hinunter

und entdeckte Blutspuren; kleine, leuchtend rote, frische Tröpfchen. Etwas war verletzt worden.

Kate hatte wieder Angst. Womöglich befand sich der Mann, der geschossen hatte, noch in der Gegend und schoß dann auf sie. War vielleicht ihr Vater verwundet worden? Sie mußte es wissen. Sie verschlang den Rest ihres Sandwiches und folge der Spur durch die Bäume mit den hellgrünen, im Wind raschelnden und flüsternden Blättern den Hügel hinauf.

Der Jäger hatte etwas im Gras erblickt und angenommen, daß sich dort ein Kaninchen befand. Der Kater hatte gejagt. Er hatte zwei Mäuse gefressen und befand sich auf dem Rückweg. Der Schuß streifte seine Schulter, und er erstarrte vor Furcht. Der Mann stapfte den Hang hinunter, konnte aber sein Opfer nicht finden und nahm an, daß er es verfehlt hatte.

Der Kater, dem der Lärm und der brennende Schmerz Angst einjagten, rührte sich nicht. Die Wunde war nicht tief, aber ziemlich lang. Eine Furche im Fell, etwas Haut war weggerissen, so daß es blutete, aber die freiliegenden Nervenenden brannten. Er bewegte sich nicht, versteckte sich nur vor der Gefahr.

Kate, die der Blutspur folgte, kam langsam den Hang hinauf und sah, daß er tief im Heidekraut kauerte. Seine entsetzten Augen blickten geradewegs in die ihren. Sie sah die lange Wunde und wußte nicht, was sie tun sollte.

Er war ein so schönes Geschöpf. Sein dichtes Fell war getigert, seine Schnauze und ein winziges Dreieck auf der Brust waren weiß. Die langen, dichten Schnurrhaare waren ebenfalls weiß. Schwarze Tigerstreifen auf dem Kopf und dem Körper und ein dicker Schwanz, der jedoch nicht so buschig war, wie sie erwartet hatte. Vielleicht war er kein echter Wildkater, sondern zum Teil Nachkomme einer Hauskatze, denn er erinnerte sie an den großen Tigerkater Tammas in der Schule.

Er war größer als Tammas, und seine grünen Augen, die furchterfüllt in die ihren starrten, waren schwarz umrandet. In seinen großen Ohren wuchs Fell. Das gestreifte Fell auf seiner Schulter war blutverschmiert, aber es verkrustete bereits. Die Wunde war wahrscheinlich nicht tief. Er nahm seine ganze Kraft zusammen, erhob sich mit gesträubtem Fell, und seine Augen leuchteten vor Wut. Er fauchte sie an, protestierte knurrend gegen die Nähe des Menschen und floh. Kate sah ihm nach, sehnte sich danach, ihm zu helfen, ihn zu zähmen, ihn zu füttern.

Er war wunderschön, aber er war wild wie der Adler, und es würde schwierig sein, ihn zu zähmen. Er traute den Menschen nicht, und wenn er Angst hatte, sträubte sich sein Fell so sehr, daß er schließlich riesig aussah. Er blieb stehen, drehte sich um, und einen Augenblick lang sah es so aus, als würde er das Mädchen anspringen. Er brachte sie mit dem Schmerz in seiner Schulter in Verbindung. Kate befürchtete ernsthaft, daß er sie angreifen würde.

Dann war er fort, bewegte sich blitzschnell, und nur die Blutstropfen bewiesen, daß er dagewesen war.

Kate ging langsam zum Cottage zurück. Vor die Sonne hatten sich Wolken geschoben, leichter Regen fiel, und der Wind, der das Meer peitschte und durch die Blätter zischte, klang wie eine fauchende Katze.

Sie ging ins Haus, machte Feuer, setzte sich auf den Boden, stützte den Kopf auf die Knie und sah zu, wie die Flammen zwischen den Holzscheiten tanzten. Kleine, helle Flammen, die sie neckten, die Farbe veränderten, wuchsen und erstarben. Flammen, in denen ein verwundeter Kater zwischen die Felsen kroch, um sich zu verstecken, Flammen, die den Raum erhellten und dann verblaßten, bis Kate zusammengerollt auf dem Vorleger lag, wie sie es als Kind getan hatte, und, von den Schrecken des Tages erschöpft, einschlief.

Sie wachte nicht auf, als Gavin hereinkam; als er sie betrachtete, erinnerte er sich an das kleine Mädchen, das sich jeden Abend in seine Arme gekuschelt und gefragt hatte: »Hattest du viel zu tun, Vati?« wie sie es von ihrer Mutter gehört hatte.

Er verstaute seine Filmausrüstung, ging in die Küche, um das Essen zuzubereiten, und fragte sich verzweifelt, wie es mit ihnen beiden weitergehen sollte.

Draußen versuchte der Kater in der Dunkelheit, seine Wunde zu lecken, und weit über ihm bewachten die Adler ihr einziges noch vorhandenes Junges. Eines war fort, wie Gavin befürchtet hatte, aber er hatte weder gesehen, wie es aus dem Nest fiel, noch fand er den Kadaver. Er wußte nur, daß nur noch ein junger Adler übrig war.

Der Wind murmelte um die Hütte, jammerte unter dem Gesims, und als er stärker wurde, brach sich das erbarmungslose Meer wieder an den Felsen. Gavin hatte das Gefühl, daß sich die ganze Natur gegen ihn verschworen hatte und ihn verhöhnte.

Fünftes Kapitel

Hoch oben auf dem Hügel behüteten die Adler ihr überlebendes Junges. Der große Schnabel war stets weit aufgerissen, und das Küken schrie nach Futter. Die Eltern jagten ohne Unterbrechung. Der erschöpfte Gavin, den seine Sorgen wach hielten, hatte verschlafen und traf spät in seinem Versteck ein. Er blickte hinunter, stellte die Kamera ein und sah das häßliche Junge, das mit aufgesperrtem Schnabel unter seinem Vater hervorlugte. Es war unvorstellbar, daß sich dieser kreischende, nackte Winzling zu einem so prachtvollen Vogel entwickeln würde.

Hoffentlich konnten sie wenigstens dieses Junge großziehen. In den letzten beiden Jahren hatte es keinen Nachwuchs gegeben. Im ersten Jahr hatte jemand die Eier gestohlen, und im zweiten Jahr waren sie nicht bebrütet worden. Als der Wildhüter sie aus dem Nest nahm und zerbrach, stellte er fest, daß sie durch Schädlingsbekämpfungsmittel vergiftet waren.

So viele Vogelarten starben aus; ihre Eier waren

durch die gewissenlosen Maßnahmen der Menschen verseucht, die sicher sein wollten, daß ihre Nahrung nicht von Insekten gefressen wurde.

Tief unten auf dem Hügel kauerte Kate zwischen den erst vor zwei Jahren von der Forstwirtschaftsbehörde gepflanzten Bäumen, die ihr Deckung vor ihrem Vater boten, und beobachtete den Horst. Kleine, weiße Wolken segelten über den Himmel, der von einem leuchtenden Blau war, wie sie es noch nie erlebt hatte und das sie in Hochstimmung versetzte. An einem so schönen Tag konnte man unmöglich unglücklich sein.

Unterhalb von ihr prallte das immer noch windgepeitschte Meer gegen die Felsen, und die weiße Gischt funkelte im Sonnenlicht. Die Ebbe hatte eingesetzt, und am Rand des Meeres lag der leuchtende, orangefarbene Tang, den jede Welle hochhob und weiterschob.

Am Strand bewegte sich etwas. Der Kater jagte an der Gezeitenlinie. Seine Schulter brannte wie Feuer, und jeder Schritt zerrte an den zerrissenen Hautfasern. Er war durstig, blieb stehen und trank an einem kleinen Bach, der über die Felsen floß und in die Bucht mündete.

Er wußte, daß Fische zurückblieben, wenn die Ebbe einsetzte; diese Jagd war mühelos. Er hockte an einem Felstümpel und beobachtete, wie die glitzernden Flossen eines winzigen Fisches aufleuchteten, der unter den Überhang geflüchtet war und jetzt wieder in den Sonnenschein hinausschoß. Seine Pfote schlug zu, und die Krallen drückten den kleinen Körper auf den nur wenige Zentimeter tiefer liegenden Schieferboden des Tümpels.

Es war ein sehr kleiner Happen, und mit ihm kehrte der Durst wieder. Der Kater hinkte müde zum Bach zurück und trank. Jetzt machte ihm der Schmerz mehr zu schaffen als der Hunger, deshalb streckte er sich auf einem Felsvorsprung aus und genoß die Sonne. Er hatte die grünen Augen halb geschlossen, beobachtete die kreisenden Möwen und gönnte seinem von Schmerzen gepeinigten Körper Ruhe.

Kate hatte gesehen, wie er im Tümpel fischte, hatte gesehen, wie er zum Bach hinkte, und sah ihn jetzt auf dem Sims. Die Verletzung sah schlimmer aus als am Vortag; da hatten sie die kleinen Blutstropfen zu der Annahme verleitet, daß es sich nur um einen Kratzer handelte.

Auch ein Kratzer konnte eitern – doch ging das so schnell?

Sie schlüpfte zwischen den Bäumen zum Rand des Felsens und suchte einen Weg zum Strand hinunter, der nicht zu gefährlich war.

Und auf dem der Kater sie nicht sehen würde, so daß er nicht wieder davonlief.

Kates blühende Phantasie kam ihr zur Hilfe. Sie war eine Spionin, die hinter den feindlichen Linien Informationen suchte. Sie mußte sich geräuschlos anschleichen. Man durfte sie nicht sehen, denn sonst würde man sie erschießen. Bewege dich langsam, Schritt für Schritt. Sie wich in eine Wasserrinne aus, in die die Sonne nicht drang und die daher dunkel und kalt war und ihr ein wenig Furcht einjagte. Jenseits der Rinne leuchtete das Licht auf Stechpalmen und Grasnelken, aber hier wuchs nichts. Oberhalb der Felsen sickerte Wasser aus dem Erdboden, tropfte über die Steine hinunter und befeuchtete sie.

Sie war Alice, die in das tiefe Loch hinunterstieg. Hinunter, hinunter, hinunter, sagte Alice. Unterhalb von ihr sangen das Walroß und der Zimmermann ihr Lied; unterhalb von ihr gab es Geheimnisse und Abenteuer. Unterhalb von ihr lag ein wilder Kater, der an seinen Wunden starb. Sie würde ihn zähmen, so daß er ihr wie ein Hund folgen würde. Sie würde ihm vorsingen, so wie die alten Leute den Seehunden vorsangen, um sie ans Ufer zu locken.

Vielleicht gab es unten auch Seehunde, Seehunde, die sie zähmen konnte, so daß sie eines Tages ein Buch über all die wilden Tiere schreiben würde, die ihr gefolgt waren. Orpheus und seine Leier ... sie hatte die Worte vergessen. Er zwang Tiere und Bäume, seiner Musik zu gehorchen.

Ihr Fuß glitt ab, und es folgte das schlitternde, nervenzermürbende Poltern und Klappern von kleinen Steinen, die auf den Felsen aufprallten und weiterflogen, zum Strand hinunter, zu dem Kater hinunter, der den Kopf gehoben hatte und ihr scheinbar einen Augenblick lang in die Augen sah.

Kate erstarrte gegen den Felsen, vergaß ihre Geschichten, blickte hinunter, zwang den Kater in Gedanken, sich zu entspannen, hierzubleiben. Sie konnte sich ganz nahe an ihn heranschleichen. Sie hatte Futter in der Tasche. Ein Sandwich, das sie sich zum Lunch zurechtgemacht hatte. Wenn er es annahm und fraß, würde ihr Geruch daran haften. Er würde ihren Geruch mit dem Geruch von Nahrung in Verbindung bringen, und wenn sie ihn täglich fütterte, würde er sie vielleicht akzeptieren.

Eine Möwe kreiste neugierig über ihr, als wolle sie Kate begutachten, und stieg dann wieder zum Himmel empor; ihre Flügel verdeckten einen Augenblick lang die Sonne. Hoch oben flog ein zweiter Vogel, dessen riesiger Schatten über die Wasserrinne trieb und den Felsen verdunkelte.

Der Kater bemerkte den Schatten, der über ihn hinwegzog – die Luft wurde kühler, und die Sonne war nicht mehr zu sehen. Er blickte auf, sah den Adler und erkannte die Gefahr. Er war verletzlich. Seine Schulter schmerzte, und die Wunde hatte ihn geschwächt. Er wagte nicht zu kämpfen.

Er verschwand über die Felskante und schlich an einer Spalte entlang, die Kate nicht bemerkt hatte, in eine kleine Höhle, in der er vor dem großen Vogel, der ihn bedrohte, sicher war.

Kate hatte nicht gesehen, wie er verschwand. Gerade war er noch dagewesen, und jetzt war er fort. Sie konnte nicht verstehen, daß sie die Bewegung nicht wahrgenommen hatte. Sie kletterte hinunter auf den leeren Strand und stand knöcheltief in leuchtend orangefarbenem Tang; die Sonne vergoldete ihre dunklen Haare.

Am Strand gab es Tümpel. Eine Flosse glitzerte, und etwas blitzte silbern, als ein Schleimfisch in den Sonnenschein und zurück in den Schatten flitzte. Winzige, durchscheinende Shrimps schossen durch das Wasser.

In einiger Entfernung war eine Möwe unterwegs; ihr Schnabel stocherte auf der Suche nach Futter im Tang. Ihre hellen Perlenaugen sahen Kate an und kümmerten sich dann nicht mehr um sie. Sie rührte sich nicht, und der Vogel fühlte sich nicht bedroht.

Kates Hände strichen über den kalten Stein. Winzige Insekten waren eifrig unterwegs und schossen geschäftig hin und her.

Der Kater hatte auf diesem Felsen gelegen. Es gab keine Spur von ihm und tröstlicherweise auch keine Blutflecken, was bedeutete, daß die Wunde wenigstens heilte. Kein einziges Haar.

Etwas weiter hinten gab es einen Fleck mit feuchtem Sand, und dort, vor der dunklen Höhle, entdeckte sie die Abdrucke zweier Pfoten.

Er war in der Höhle.

Kate nahm das Essen aus der Tasche und packte es aus. Es war ein mit Butter bestrichenes Brötchen mit einer dicken Scheibe Fleisch vom Sonntagsbraten. Gavin fand, daß es am einfachsten war, wenn er ein großes Stück Fleisch kaufte, es am Wochenende briet und dann während der nächsten fünf Tage kalten Braten aß.

Wenn es dazu Tiefkühlgemüse oder Kartoffeln oder einen Salat gab, fiel es beiden leicht, rasch eine Mahlzeit zuzubereiten.

Kate brach das Brötchen in kleine Stücke. Das Fleisch war zäh, und sie mußte es mit den Zähnen zerreißen. Sie verteilte Fleisch und Brot am Eingang zur Höhle, indem sie die Brocken von der Seite hinwarf, so daß der Kater sie nicht sah. Sie war allerdings davon überzeugt, daß ihm der Wind ihren Geruch zutrug.

Hoffentlich war er so hungrig, daß ihn der Menschengeruch nicht störte.

Sie befürchtete auch, daß die kreisenden Möwen die Brocken schnappen würden, bevor sie fort war. Sie durfte auf keinen Fall in der Nähe der Höhle bleiben, also ging sie laut über den Schiefer und kletterte dann wieder auf den Felsen hinauf.

Dieses Mal kletterte sie im Sonnenschein und versteckte sich hinter einem unscheinbaren Busch, der in einem kleinen Fleck dunkler Erde Wurzeln geschlagen hatte und absurderweise im rechten Winkel zu dem Felsen wuchs.

Eine Möwe stieß herunter und flog mit einem Brotstückchen davon.

Der Wind trug dem Kater den Geruch von Futter zu, aber auch einen fremden Geruch, der ihn störte. Doch der Hunger siegte; er ging in das helle Licht hinaus und fauchte sofort wütend eine Möwe an, die im Begriff war, sich einen Brocken zu holen. Der Vogel hütete sich davor, sich mit einem Wildkater anzulegen – diesen Kampf würde er bestimmt verlieren.

Als die Möwe emporstieg, streifte ihr Flügel beinahe Kates Gesicht.

Fleisch!

Der Kater vergaß seine Schmerzen, begann zu fressen und folgte dabei der Fährte, die Kate gelegt hatte. Brot, das nach Fleisch schmeckte, und gutes, gebratenes Schweinefleisch, bei dessen Duft seine Speicheldrüsen aktiv wurden. Er fraß alles bis zum letzten

Bröckchen, und als er fertig war, hatte er sich an den fremden Geruch gewöhnt; er lag wieder wachsam in der Sonne, hatte die Augen halb geschlossen und genoß die Wärme auf seiner schmerzenden Schulter.

Kate kletterte die Felswand wieder hinauf und beobachtete ihn von oben. Sein Fell glänzte in der Sonne, und sie erkannte den langen, dunklen Strich, wo ihn die Kugel gestreift hatte. Er bewegte sich einige Male, als suche er eine Stellung, in der ihm die Wunde weniger Schmerzen bereitete.

Über ihm kreisten und schwebten die Möwen, und ihre klagenden Rufe durchdrangen die Stille. Er hatte den Kopf auf die Pfoten gelegt und kümmerte sich nicht um sie.

Das Meer zog sich Zentimeter um Zentimeter zurück, und damit wurde auch der Wellengang schwächer. Das Wasser spülte über den Sand und hinterließ kleine Schaumflecken. Als die Ebbe den Tiefstand erreicht hatte, graue Wolken am Horizont aufzogen und die Sonne hinter ihnen verschwand, stand der Kater auf und streckte die Hinterbeine. Er leckte eifrig die Schulter, erreichte die Wunde aber nicht ganz. Dann leckte er eine Vorderpfote nach der anderen und putzte sich die Nahrungsreste aus dem Fell und den Schnurrhaaren.

Eine kranke Katze putzt sich nicht, hatte Kates Mutter vor langer Zeit gesagt. Er war also nicht sehr krank. Damals hatten sie einen weißen Kater gehabt, und sie hatte ihn Blackie genannt. Ihre Eltern hatten über den Namen gelacht, aber nichts dagegen einzuwenden gehabt, genau wie der Bauer, dessen Stierkalb sie Macaroni getauft hatte, damit sie es Mac nennen konnte. Sie hatte einmal auf einem Bauernhof in Cornwall Urlaub gemacht; sie war damals erst vier Jahre alt gewesen, aber weil das Ehepaar, bei dem sie wohnten, ein Baby hatte, das noch nicht einmal ein Jahr alt war, war sich Kate beinahe erwachsen vorgekommen.

Jetzt hatte sie das Gefühl, hundert zu sein. Sie war alt genug, um Verantwortung zu übernehmen, nicht nur für ihren Vater, sondern auch für den Kater. Er erinnerte sie an Blackie, zwar nicht durch sein Äußeres, aber durch sein Verhalten. Durch die Art, wie er sich bewegte und die Vorderpfoten sauberleckte, mit denen er sich dann über das Gesicht fuhr. Durch die Art, wie er die Hinterpfote würdelos über die Schulter legte und sich unterhalb des Schwanzes putzte.

Durch die Art, wie er ging.

Blackie war ein Jahr vor dem Tod ihrer Mutter auf der Straße gestorben. Sie hatten ihn im Garten begraben, sie hatte ihm Blumen auf das Grab gelegt und um ihn geweint. Dieses Jahr gab es niemanden, der Blumen auf das Grab ihrer Mutter legte. Würde es ihr etwas ausmachen? Wußte sie es? Gab es sie irgendwo, behütete sie Vater und Tochter wie ein Schutzengel und bewahrte sie vor Schaden?

Kate drehte sich auf den Rücken und blickte zum Himmel hinauf. Die Sonne war gänzlich verschwunden, und an ihre Stelle waren drohende graue Wolken getreten. Die Wärme war nur noch Erinnerung. Kalter Wind ließ das Gras erschauern. Unterhalb von ihr hatte die Flut eingesetzt, und das graue Meer schlug gegen den graubraunen Strand, von dem alles Leben geflüchtet war.

Oberhalb von ihr floh ein Kaninchen vor einem riesigen Schatten, der vom Himmel herabstürzte, über die Heide. Ein Schrei gellte durch die Luft, der Adler stieg zielstrebig wieder hoch und kehrte zu seinem Weibchen und dem fordernd aufgesperrten Schnabel zurück, der jetzt ihr Leben beherrschte. Er brachte nicht nur Nahrung zum Nest, sondern auch frische grüne Zweige.

Gavin, der in seinem Versteck filmte, war so sehr in seine Arbeit vertieft, daß er erst aufhörte, als sich die Dunkelheit auf die Hügel senkte. Kate hatte sich bei der Zubereitung des Abendessens große Mühe gegeben. Kalter Braten und gemischter Salat, wie ihn ihre Mutter zubereitet hatte, mit selbstgemachtem Dressing mit viel Knoblauch, wie es ihr Vater liebte. Dazu gab es goldbraune Pommes frites.

Sie hatte auf ihn gewartet und schließlich, als es beinahe dunkel war, allein gegessen. Dann war sie in ihr Zimmer gegangen und hatte dort gelesen. Dabei schlief sie, lang bevor er nach Hause kam, ein und träumte von einem Kater, der mit einer Feder spielte und herumtollte; er war manchmal weiß und manchmal getigert, hatte eine weiße Brust, weiße Pfoten und leuchtend grüne Augen, die sie hochmütig musterten und sich über sie lustig machten.

Als sich der Schlüssel ihres Vaters im Schloß drehte, wachte sie auf. Sie erhob sich steif und ging über die schmale Wendeltreppe in das große Zimmer hinunter, in dem das Holzfeuer niedergebrannt war. Nur die glühende Asche erinnerte sie daran, wie hell die Flammen gelodert hatten.

Sie nahm das Schutzgitter weg, blies in die Asche, bis sich Flämmchen zeigten, legte frische Scheite auf und sah zu, wie sie Feuer fingen und brannten.

»Ich habe ewig auf dich gewartet, aber du bist nicht gekommen«, sagte sie, während sie den Teller hereinbrachte und vor Gavin hinstellte. »Die Kartoffeln sind bestimmt ungenießbar; ich brate frische.«

Er hatte ihr offensichtlich nichts zu sagen. Er dachte nur an die Adler und an die Filmsequenz, die er an diesem Tag gedreht hatte. Er war dabei, einen Film zu machen, durch den sein Name bekannt werden würde; einen Film, der vielleicht einen Preis bekommen und dafür sorgen würde, daß Gavin laufend Arbeit angeboten wurde. Dann würde er sich und seine Tochter erhalten können, ohne befürchten zu müssen, daß er arbeitslos wurde. Wie konnte er mit der kleinen Kate, die beinahe noch ein Baby war, über solche Dinge sprechen?

Kate wollte ihm von dem Kater erzählen. Vielleicht konnte ihr Vater ihn fotografieren. Vielleicht konnte er einen Film über ihn drehen. Aber das würde er bestimmt nicht wollen. Er hatte sich immer nur für Vögel, nie für andere Tiere interessiert.

Wenn sie nur eine kleine Videokamera hätte und selbst einen Film machen könnte. Wenn der Film fertig war, würde sie ihn ihrem Vater zeigen, und er würde sie loben. Er lobte sie überhaupt nicht mehr; er gab ihr nicht einmal mehr einen Gute-Nacht-Kuß. Er berührte sie auch nicht mehr. Er benahm sich, als wäre sie ansteckend, hielt Abstand von ihr, zog sich zurück, wenn sie ihm nahe kam, weil sie sich nach seinen starken Armen sehnte, die sich um sie schlossen, nach der Berührung seines Kinns auf ihrem Kopf, nach dem alten, vertrauten »Gute Nacht, Prinzessin« ihrer Kinderzeit. Vielleicht haßte er sie, weil ihre Mutter tot und sie am Leben war.

Sie wurde jetzt erwachsen. Vielleicht bedeutete Erwachsensein, daß man allein war, daß man seine Gedanken mit niemandem teilen, mit niemandem lachen, niemandem die kleinen Ereignisse des Tages erzählen konnte.

»Ich habe eine winzige Krabbe auf dem Strand gesehen; sie war nicht größer als mein Fingernagel. Sie hat sich auf die Zehenspitzen gestellt und mir mit ihren Scheren gedroht.« Er würde sie für dumm halten, wenn sie so etwas sagte. Aber es war lustig gewesen.

Ihre Mutter hätte sie verstanden.

Kate haßte das Cottage plötzlich, haßte die Einsamkeit. Während des Schuljahres war es nicht ganz so schlimm, obwohl die anderen Kinder sie nicht akzeptiert hatten. Aber sie konnte mit der Lehrerin sprechen. Miss McDonald war jemand, der lachte. Ihre Augen waren grün wie die des Wildkaters, aber nicht hochmütig oder zornig. Es waren gütige Augen.

Vielleicht konnte sie, wenn die Schule wieder begann, über die Krabbe auf dem Strand, die kleinen Wellen, die den Sand kitzelten, die riesigen Sturzseen, die die Felsen mißhandelten, und über den Wind schreiben, der die Bäume beutelte und in stürmischen Nächten wie ein Tier schrie, das Schmerzen litt.

Vielleicht konnte sie es jetzt schreiben; ihre Gedanken zu Papier bringen, mit ihrem Notizbuch sprechen; und wenn sie älter war, würde es vielleicht jemand veröffentlichen, wie man die Geschichten ihrer Mutter veröffentlicht hatte ... aber die waren lustig, und was Kate empfand, war gar nicht lustig.

Die Kartoffeln waren bei weitem nicht so geglückt wie die erste Portion. Vielleicht würde der Kater sie fressen, auch wenn es kein Fleisch war. Mit dem lahmen Bein fiel es ihm bestimmt schwer zu jagen; vielleicht konnte er nicht schnell laufen oder springen, und wenn Kate ihn nicht fütterte, würde er verhungern.

Gavin aß alles, was Kate ihm brachte, als wäre sie gar nicht da. Er befand sich noch immer in seinem Versteck, er war noch von der Erregung erfüllt, die ihn jedes Mal packte, wenn er die großen Vögel beobachtete, wenn die Sonne ihre Federn vergoldete und wenn er den aufgesperrten Schnabel des Jungvogels sah und hörte, wie er lautstark Futter forderte.

Er kämpfte mit dem Bedürfnis, Kate davon zu erzählen, aber es war zuviel von ihr verlangt, ein solches Geheimnis zu bewahren. Es mußte nur an die falschen Ohren gelangen, und das Nest würde geplündert werden. Vielleicht wurden auch die Vögel erschossen. Niemand durchwanderte diese Hügel. Nur der Briefträger war hier unterwegs, und der hatte keine Augen für die Vögel, die über seinem Kopf herumflogen.

Er sehnte sich nach jemandem, mit dem er sprechen konnte. Er hätte seiner Frau alles anvertrauen können; sie behielt Geheimnisse stets für sich und teilte seine Leidenschaft fürs Filmemachen und für Vögel. Sie waren nicht nur ein Ehepaar, sondern auch eine Arbeitsgemeinschaft gewesen. Womit hatte er die Götter verärgert, daß sie sie ihm wegnahmen?

Kate, die auf dem zottligen Kaminvorleger lag, blickte in die Flammen und erinnerte sich daran, wie sie vor langer Zeit den tanzenden gelben, roten und grünen Flammenzungen zugesehen hatte, während ihre Mutter laut las. Beide hatten Gedichte geliebt, und obwohl ihre Mutter ihr manches vorlas, für das Kate noch nicht alt genug war, hatte das Kind das Wunder der Worte, den Schwung, die Reime und den Rhythmus geliebt.

Draußen nahm der heulende Wind an Stärke zu und beutelte die kleinen Bäume. Er würde noch stärker werden, den Strand entlangstürmen und die Wellen auftürmen, so daß sie sich krachend und donnernd brachen und ein tiefes, saugendes Geräusch erzeugten, wenn sie sich zurückzogen, nur um sich wieder gegen die Felsen zu werfen.

Kate fielen keine Gedichte über Stürme und tobende Meere, über den Lärm, das Brausen und die blinde Wut, die die Nacht erfüllten, ein. Hier schien der Wind nie aufzuhören, kreischte um die Ecken des Cottages, und rüttelte an Türen und Fenster, so daß sie klapperten, als versuche ein außerirdischer Geist verzweifelt, hineinzugelangen.

Doch dann fiel ihr ein Gedicht ein:

Wenn kein Mond und kein Stern am Himmel
steht,
Wenn der Sturmwind brauset und tobt,
Dann reitet in Nässe und Dunkelheit
Ein Mann Nacht für Nacht übers Land.

Sie wußte, daß die Worte nicht stimmten. Sie mußte das Gedicht suchen, aber sie wußte nicht, wo. Alle Bücher ihrer Mutter befanden sich noch in der Transportkiste oben im unbenützten Zimmer. Sie würde sie eines Tages auspacken, aber jetzt noch nicht.

Als sie klein war, hatte ihr ihre Mutter das Gedicht oft vorgesagt. Sie hatte es geliebt und es im Bett wiederholt, wenn der Sturm draußen heulte. Sie hatte Wind nie gemocht. Hier waren die Stürme viel schlimmer, denn der unablässige Donner des Meeres verstärkte den Lärm des Windes. Kate sagte die erste STrophe des Gedichts träumerisch im gleichen Tonfall auf wie ihre Mutter.

Gavin hörte sie und wurde plötzlich in glücklichere Zeiten zurückversetzt. Einen Augenblick lang teilte er Kates Traumbild, sah seine Frau: Ihre Augen lachten, ihr dunkles Haar, das Kate von ihr geerbt hatte, glänzte im Licht, und er hörte ihre leise Stimme, die das Gedicht vorlas. Er ertrug die Erinnerung nicht. Der Schmerz über den Tod seiner Frau war plötzlich so frisch wie am ersten Tag, als wäre seither kaum Zeit verstrichen.

Er schlug mit der Faust auf den Tisch und schrie Kate an.

»Tu das nie wieder, hörst du?«

Er konnte es nicht ertragen. Er konnte die Erinnerung nicht ertragen. Kate, die er aus ihrer Träumerei gerissen hatte, war über seine Heftigkeit entsetzt, sprang auf und brach in Tränen aus.

»Ich hasse dich!« schrie sie. »Ich hasse dich! Warum hat Mutter sterben müssen?«

Die Tür fiel krachend hinter ihr zu.

Gavin, den ihre Reaktion erschreckt hatte, schob den Teller zurück und verfluchte seine Unbeherrschtheit; er hatte plötzlich keinen Appetit mehr. Er hatte keine Ahnung, was er tun sollte. Er wäre Kate am liebsten in ihr Zimmer gefolgt, hätte sie an sich gedrückt und ihr zärtliche Worte in die Haare geflüstert. Aber wenn sie das jemandem erzählte, konnte es falsch ausgelegt werden – und Kinder erzählen gern.

Zum Teufel mit der Welt, in der er lebte. Er konnte sie kaum ertragen. Er legte Holz nach und saß vor den hell brennenden Scheiten, bis der Mond auf- und wieder unterging, bis das erste Licht zögernd in den Raum drang und das Feuer genauso ausgebrannt war wie die Gefühle, die ihn wach gehalten hatten. Dann schlief er ein.

Auch Kate schlief; die getrockneten Tränen hatten Spuren auf ihren Wangen hinterlassen.

Draußen vor dem Fenster kauerte der verletzte Kater, dem ihr Geruch Hoffnung auf Nahrung gemacht und ihn hierher gelockt hatte. Seine Schulter schmerzte, brannte und pochte; die Wunde eiterte jetzt und hinderte ihn am Jagen.

Gavin war in seinem Stuhl eingeschlafen und wachte erst auf, als ihm die Sonne ins Gesicht schien. Draußen war heller Tag. Der Himmel war leuchtend blau, weit und breit war keine Wolke in Sicht, der Wind kräuselte die seidige Oberfläche des Meeres sanft, und die Bäume bewegten sich vorsichtig, als wollten sie ihre grün und blau geschlagenen Zweige schonen.

Gavin kochte für beide Tee und brachte Kate eine

Tasse ans Bett. Er blickte niedergeschlagen auf sie hinunter und verachtete sich.

»Kate«, sagte er leise.

Sie erwachte, drehte sich um, streckte sich wie ein Kätzchen und gähnte. Als sie ihn mit großen Augen ansah, war ihr Gesichtsausdruck unergründlich.

»Es tut mir leid«, sagte er.

Er fand im Gesicht seiner Tochter keine Vergebung. Sie wendete ihm den Rücken zu und starrte die Wand an. Die Zurückweisung traf ihn wie ein Schlag. Er stellte die Tasse hin und verließ das Zimmer. Kate rührte sich erst, als seine Schritte im Freien verklangen; er kehrte zum Horst zurück, um weiter zu filmen.

Eines Tages würde sie davonlaufen.

Sechstes Kapitel

Sheina McDonald gingen gewisse Probleme nicht mehr aus dem Kopf. Das ärgerte sie, denn sie bemühte sich sehr, keinen engen Kontakt zu ihren Schülern herzustellen. Doch sie sah immer wieder Kates weißes Gesicht und ihre gequälten Augen vor sich. Der Ausdruck in den Augen des Kindes ließ Sheina nicht mehr los. Er drängte sich zwischen sie und ihre Arbeit, so daß sie sich nicht mehr konzentrieren konnte. Mit Kate stimmte etwas ganz und gar nicht.

»Sie haben kein Wort von dem gehört, was ich sagte.« Bruce Wilson, der die künstlerische Ausbildung an der Schule leitete, hatte versucht, sie für einen Wettbewerb unter den Kindern zu interessieren. Es ging um die Darstellung eines Tieres; das beste Werk sollte einen Preis bekommen. Er sah Sheina aufgebracht an.

»Sind sie verliebt, oder was ist los?«

Die müßige Frage reizte Sheina. Im Lehrerzimmer war man davon überzeugt, daß Bruce mit seiner Kunst verheiratet war und nie Zuneigung für ein menschliches Wesen empfunden hatte. Er verbrachte jede freie Stunde damit, die wilde Bergheide, die hohen Hügel und die stürmischen Gewässer der versteckten Lochs zu malen.

»Unterrichten Sie das kleine McKendrick-Mädchen, Bruce?«

»Kate? Ja. Warum?«

»Was zeichnet sie? Kann sie zeichnen?«

»Sie kann zeichnen. Sie hat einen Blick für Farbe und Form, und es interessiert sie. Wenn man sie sich selbst überläßt, zeichnet sie meist Katzen.«

Katzen. Warum Katzen? Hatte das Kind eine Katze?

»Spricht sie mit Ihnen?«

»Sie spricht mit niemandem. Ja und nein ist so ziemlich alles, was ich von ihr höre. Sie ist eine Träumerin. Vergessen Sie es, Sheina. Wir können nichts für sie tun. Das Kind ist in Ordnung. Sie ist vielleicht ein Außenseiter, aber das ist alles. Sie hat vor kurzem ihre Mutter verloren und sich noch nicht in der Schule eingewöhnt. Lassen Sie ihr Zeit.«

»Sie wäre kein Außenseiter, wenn ihr geistig beschränkter Vater eine Ahnung von Kleidung hätte. Sie sieht wie ein Waisenmädchen aus einem Schauerroman aus, und die anderen Kinder verspotten sie. Das ist nicht fair.«

»Waren Kinder schon jemals fair zueinander? Oder freundlich? Wir können sie unterrichten, wie können versuchen, sie zu beeinflussen, aber wir können ihnen nie den Rudelinstinkt austreiben. Sie schließen sich gegen jeden Neuankömmling zusammen, und es dauert sehr lange, bis man das überwindet. Auch Erwachsene tun es. Versuchen Sie mal, einem neuen Klub beizutreten. Wie viele Leute kommen Ihnen freundlich entgegen?«

»Bei Kate steckt mehr dahinter.«

»Ach, Weib.« Bruce schlug mit der Faust auf den Tisch. »Wenn Sie sich etwas in den Kopf setzen, lassen Sie genausowenig davon ab wie ein Hund, der an einem Knochen nagt. Er beutelt ihn und setzt ihm zu. Aber vielleicht stimmt der Vergleich doch nicht, denn der Knochen wird kleiner, während Ihre Ideen wachsen und sich unverhältnismäßig aufblähen. Machen Sie sich nicht solche Sorgen um das Mädchen. Sie braucht einfach Zeit.«

Männer sind doch die unsensibelsten Geschöpfe, die es gibt, dachte Sheina wütend, als sie den Raum verließ und die Tür hinter sich zuschlug. Bruce gehörte zu den Typen, bei denen man am liebsten aus der Haut fahren wollte; wenn sie etwas haßte, dann einen Mann, der sie als »Weib« bezeichnete, als besitze sie keinen Namen.

Sie hatte keine einzige wirkliche Freundin und kannte keinen Mann, mit dem sie sprechen konnte. Es war Freitag früh. Als Sheina in die Klasse kam, schrien alle durcheinander, doch der Lärm erstarb rasch, als die Kinder ihren Gesichtsausdruck bemerkten. Es würde kein vergnüglicher Vormittag werden. Miss McDonald hatte eine ihrer Launen.

Die Kinder verstummten zwar, aber die Atmosphäre in der Klasse blieb dennoch unruhig. Gelegentliches Kichern, Blicke, die gewechselt, Augen, die verdreht wurden. Ein Ellbogen bohrte sich der Nachbarin in die

Seite, eine Kopfbewegung wies in eine Richtung, und das bekam Sheina mit. Sie folgte der Blickrichtung der neugierigen Augen und stellte fest, daß Kate wie so oft im Mittelpunkt der Aufmerksamkeit stand.

Das Kind rührte sich nicht, war in sich versunken, als leide sie innerlich Qualen. Ihre Augen waren verdächtig geschwollen, als hätte sie geweint. Ihre Kleidung war noch merkwürdiger als sonst, und das war das auslösende Moment für die übrigen Kinder, die sie entzückt betrachteten. Selbst wenn man Kate gewohnt war, wirkte ihre Aufmachung überraschend.

Ihr Vater hatte vergessen, daß Kleidungsstücke gewaschen werden müssen, und Kate hatte nicht daran gedacht. Sie fand in ihrem Schrank überhaupt keine sauberen Sachen mehr, die sie anziehen konnte. Sie trug einen Rock, der ihrer Mutter gehört hatte und der aus Versehen unter Kates Sachen geraten war, als sie packten. Eine Nachbarin, die ihnen half, hatte gemeint, daß das Kind ihn vielleicht eines Tages brauchen konnte. Sie wuchs schnell. Der Rock war aus grauem Kordsamt; Kate hatte ihn in der Taille mit einer Sicherheitsnadel zusammengehalten, weil er ihr viel zu weit war. Darüber hatte sie ein Sweatshirt ihres Vaters gezogen, das ihm ein Freund vor langer Zeit geschenkt hatte und das er nicht ausstehen konnte. Es war schwarz und mit kleinen, roten Fischen bedruckt. Ihre Socken waren braun, und dazu trug sie alte Turnschuhe, weil die Schuhe, die sie bis jetzt getragen hatte, ihr endgültig zu eng waren.

Kate hatte am Morgen in der Kommode gewühlt und verzweifelt saubere Sachen gesucht. Als sie ihr altes

Haus verließen, waren sie beim Packen nicht methodisch vorgegangen, sondern hatten die Koffer willkürlich vollgestopft.

Der Morgen war kalt und die Luft frostig. Kates Jacke war so eng, daß sie über den wachsenden Brüsten spannte, die ihr entsetzlich bewußt waren. Das abstruseste Stück ihrer Aufmachung war ein alter Anorak ihres Vaters. Es war eine schäbige, braungrüne Tarnjacke, das Ungeeignetste, das es für ein Schulkind gab.

Sheina konnte sich nicht auf den Unterricht konzentrieren. Sie konnte nicht übersehen, wie stumm und unglücklich Kate in der Bank saß, hörte das Kichern der übrigen Kinder, sah, daß sie Blicke wechselten und dann die Augen verdrehten. Nächste Woche war Elternabend, und da würde sich Sheina den Vater vorknöpfen. Jedesmal, wenn sie zu Kate hinüberblickte, nahm ihre Wut auf ihn zu.

Es war eine Englischstunde, aber sie kamen nicht weiter. Die Kinder waren unruhig, und Sheina wußte, daß zu einem großen Teil ihre eigene Stimmung daran schuld war. Sie beschloß, eine Pause einzulegen und ihnen Gedichte vorzulesen. Gedichte besänftigten die aufgebrachten Gemüter beinahe genauso gut wie Musik. Sheina empfand so intensiv mit Kate mit, daß sie sich beinahe mit ihr identifizierte. Sie haßte die übrigen Kinder und hätte sie am liebsten geschüttelt und sie angeschrien: Seid nicht so grausam. Sehr ihr denn nicht, wie unglücklich sie ist? Akzeptiert sie doch, gebt ihr das Gefühl, daß ihr sie wollt, laßt sie mit eurem ewigen Spott in Frieden.

Warum mußten sie nur solche Biester sein?

Das Gesetz des Dschungels: Töte den Außenseiter. Sie töteten nicht. Aber vielleicht wäre der Tod freundlicher. Litten Tiere, wenn das Rudel sie ablehnte?

Sheina versuchte, Ordnung in ihre Gedanken, die niemandem nützten, zu bringen. Sie sah Kate an, und diese erwiderte den Blick. Du meine Güte. Es war erschreckend, wie das Kind aussah.

Der Himmel war grau und wolkenverhangen, und der Wind jammerte in den Bäumen. An windigen Tagen waren die Kinder immer schwierig.

Die Bucht befand sich in Sichtweite der Schule. Die Wellen überschlugen sich und brachen inmitten von wirbelnder Gischt, die hoch emporstieg und im Licht glitzerte. Kate blickte zum Fenster hinaus und sehnte sich danach, allein auf dem Strand zu stehen und zuzusehen, wie die tobenden Sturzwellen an den Felsen nagten.

Sie wollte weder an ihren Vater noch an seinen Zorn denken. Sie wollte vergessen, was geschehen war, und an den Kater denken. Die Verletzung auf seiner Schulter war schwer. Vielleicht starb er daran. Er durfte nicht sterben. er war so schön. Wenn sie ihn nur retten könnte; dann konnte sie ihn zähmen und wäre nicht mehr so allein. Vielleicht würde sie es dann ertragen, bei ihrem Vater zu leben.

Der windgepeitschte Regen trommelte an das Fenster. Sheina spürte, wie die Unruhe in der Klasse zunahm, als zöge eine unsichtbare Hand eine Feder auf. Es würde nicht leicht sein, die Kinder auf andere Gedanken zu bringen.

Sie brauchte ein Gedicht über den Wind, aber die waren schwer zu finden.

Dann fiel ihr eines ihrer Lieblingsgedichte aus ihrer Kindheit ein.

»Hört mal zu, Kinder«, sagte sie. »Legt die Bücher weg und ich lese euch vor. Ihr müßt aber stillsitzen. Ich werde euch ein Gedicht über den Wind vorlesen. wenn ich damit fertig bin, möchte ich, daß ihr ein Bild zeichnet, etwas, woran euch das Gedicht erinnert. Paßt jetzt genau auf.«

Kate liebte Gedichte. Ihre Gedanken kehrten an den zerkratzten Tisch zurück, sie klappte das vor ihr liegende Buch zu und machte sich für einen Hochgenuß bereit.

Doch dann hörte sie der Lehrerin ungläubig und entsetzt zu.

> Wenn weder Mond noch Sterne am Himmel
>   stehn,
> Wenn der Sturmwind brauset und tobt,
> Dann reitet in Regen und Dunkelheit
> Ein Mann Nacht für Nacht übers Land.
> Was sucht der einsame Reitersmann,
> Wenn die Feuer im Herd erloschen sind?

Sheina bemerkte Kates weißes Gesicht und die weit aufgerissenen Augen zu spät. Zu spät, um zu verhindern, daß das Kind aufsprang, zur Tür lief und sie hinter sich zuschlug. Zu spät, um sie einzuholen, als sie durch den Korridor auf den Spielplatz und von dort durch das Schultor lief, weg von den Worten, die sie verspotteten, verhöhnten und an die Vergangenheit erinnerten. Und an ihren Vater, der sie angebrüllt hatte, als sie am vergangenen Abend das Gedicht träumerisch aufsagte.

Sie hielt dieses Leben nicht mehr aus.

Sie würde fortgehen und nie wiederkommen. Sie würde sich in den Hügeln verstecken, und der Kater würde ihr einziger Gefährte sein. Sie würde von Beeren und Wurzeln leben, Fische aus dem Meer fangen und ganz allein in einer Höhle hausen, fern von den Menschen, die ihr ohnehin immer nur weh taten.

Sie lief, bis ihr Atem keuchend ging und ihre Brust schmerzte. Sie wurde langsamer, kümmerte sich nicht um den Regen, der auf sie herabprasselte. Allmählich fielen ihr Teile von anderen Gedichten ein, die ihr ihre Mutter vorgelesen hatte.

Als ich allein auf dem Hügel stand, sprach
mein Kummer,
Als ich den Hügel hinabging, weinte ich ohne
Unterlaß,
Die weichen, kleinen Hände des Regens
strichen über meine Wangen,
Die freundlichen, kleinen Füße des Regens
liefen neben mir her.

»Ich lese dieses Gedicht immer, wenn ich traurig bin«, hatte ihre Mutter gesagt.

Kate hatte das Gedicht nach dem Tod ihrer Mutter immer wieder gelesen. Irgendwie machten die Worte den Verlust erträglicher.

Als ich tränenüberströmt zu deinem Grab ging,
Als ich stumm vor Verzweiflung im Gras
kauerte ...

Sie konnte nicht einmal das Grab ihrer Mutter besuchen. Außer der Erinnerung war Kate nichts von ihr geblieben. Vielleicht würde sie zuerst nach Hause laufen, sich etwas zu essen holen, ihren Gedichtband einstecken und erst dann für immer fortgehen. Ihr Vater würde darüber froh sein, sie würde ihm nicht fehlen. Er war ohnehin nie da.

Sie ging weiter, bis die Schule weit entfernt war, hinter ihr lag, nicht mehr wichtig war. Sie ging gegen den Wind, und der Regen prasselte schmerzhaft auf ihre Haut. Ihre Füße schmerzten, sie schleifte ihren Rock nach, aber sie ging über drei Stunden lang, bis sie den Hügel der Adler erreichte, in das Heidekraut fiel und dort liegenblieb; sie schluchzte keuchend und stoßweise und konnte nicht aufhören.

Oberhalb von ihr filmte Gavin in seinem Versteck in der Nähe des Horstes, doch er war in Gedanken versunken und nur halb bei der Arbeit. Er hätte Kate nicht anschreien dürfen, aber sie hatte ihm so weh getan. Sie hatte die Vergangenheit so deutlich auferstehen lassen, daß er das Gefühl gehabt hatte, seine Frau sitze neben ihm und sage das Gedicht auf.

Die Erinnerung war ein Verräter, der Schmerzen verursachte.

Das Kind ahnte nicht, daß ihre Stimme der ihrer Mutter so ähnlich war, und bis zu diesem Augenblick hatte auch Gavin es nicht gewußt. Die alte Wunde war wieder aufgerissen worden, und er wußte vor Verzweiflung nicht weiter. Er hatte Kate vielleicht so sehr verletzt, daß er es nicht wiedergutmachen konnte. Er hatte ihr Vertrauen verloren.

Sheina war in das Klassenzimmer zurückgekehrt, aber sie war vor Angst beinahe krank. Noch nie war ein Schüler so aus der Klasse gestürzt; sie hatte Kates Gesicht einen entsetzlichen Augenblick lang erblickt. Das Kind hatte ausgesehen, als würde es von Dämonen verfolgt. Sheina hatte versucht, ihr nachzulaufen, aber Kate war verschwunden, und Sheina hatte keine Ahnung, welche Richtung sie eingeschlagen hatte.

Sobald die Stunde zu Ende war, ging sie zum Schulleiter. Er war klein, knapp eins achtundfünfzig groß, aber das war noch nie jemandem aufgefallen. Er beherrschte jeden Raum, den er betrat. Seine blauen Augen starrten Sheina böse an; jedes Wort, das sie sagte, war ihm unangenehm. Während er zuhörte, wühlten seine groben, ungeduldigen Hände in seinen ordentlich gekämmten grauen Haaren; es war der einzige Hinweis darauf, daß ihn das, was er hörte, beunruhigte. Während Sheina sprach, fuhr er sich immer wieder mit den Fingern durch die Locken. Er verzweifelte an allen Kindern der Welt.

Warum hatte er diesen Posten überhaupt angenommen? Er runzelte die Stirn und sah Sheina drohend an, aber sie verstummte nicht. Er verabscheute es, wenn etwas die Ordnung in seiner Schule störte. Eigentlich gehört er in die Army, dachte Sheina; am liebsten würde er uns alle vor sich paradieren lassen und nie gestatten, daß etwas schiefgeht. Er kann dieses unvorhergesehene Ereignis nie bewältigen.

Sheina versuchte, sich ins Gedächtnis zu rufen, wie sie mit dreizehn gewesen war, und dabei tauchte eine Erinnerung auf, die sie lieber vergessen hätte. Sie sollte in der Kindertennismannschaft der Schule spielen, war am Morgen des Matches gestürzt und hatte sich das rechte Handgelenk gebrochen. Sie konnte nicht spielen. Es war eine bittere Enttäuschung. Sie war fürchterlich aufgeregt gewesen, und deshalb war sie hingefallen – sie hatte es so eilig gehabt, in die Schule zu kommen, und war vor Beginn des Unterrichts auf dem Spielplatz gestolpert. Für sie war es das Ende der Welt gewesen, und sie hatte trostlos geschluchzt, nicht wegen des Schmerzes, sondern wegen der verpaßten Chance. Vielleicht würde man sie nie wieder ins Team aufnehmen. Vielleicht würde das Handgelenk jetzt zu schwach sein, um je wieder Tennis zu spielen.

Ihre Verzweiflung hatte in keinem Verhältnis zu den Folgen des Sturzes gestanden, und ihre Eltern, die Lehrer und sogar der Arzt hatten die Geduld mit ihr verloren, weil sie nicht begriffen, wieso sie so außer sich war.

Sie war davon überzeugt, daß mit Kates Welt etwas viel Schwerwiegenderes schiefgegangen war.

»Ich will mit ihrem Vater sprechen. Ich will das Kind finden. Sie kann sich etwas antun oder ihr kann etwas zustoßen. Vielleicht ist sie weiß Gott wohin geflüchtet. Keiner von uns weiß, warum sie sich so verhalten hat.«

Grant Hamilton würde in einem Jahr in Pension gehen. Er hatte genug von der Rolle, die er im Leben gespielt hatte; er sehnte sich nach ruhigen, problemlosen Tagen, an denen er jederzeit fischen gehen konnte. Er dachte an einen friedlichen Bach unter schattigen Bäumen, an das glitzernde Wasser, das sich über rundgeschliffenen Steinen kräuselte, an die Fische, die an die Oberfläche kamen, an die Sonne, die auf die Hügel, aber nicht auf den Bach schien. Er spürte beinahe die Angel in seiner Hand, hörte das Zischen, als er die Fliege auswarf, sah, wie sie sanft auf das Wasser sank und genoß den Augenblick, in dem der Fisch anbiß und die Angelschnur sich spannte.

»Es ist nicht ratsam, sich einzumischen.« Sein Akzent wurde stets stärker, wenn er aufgeregt war, und er war jetzt sehr aufgeregt; er wußte nicht, was er ihr raten sollte, er hatte überhaupt keine Erfahrung mit solchen Dingen. Das Kind und seine merkwürdige Kleidung waren ihm aufgefallen, und sein Schweigen hatte ihn gereizt. Es benahm sich, als wäre er ein Ungeheuer, und wenn er mit der Kleinen sprach, flüsterte sie, als hätte sie entsetzliche Angst vor ihm. Er begriff nicht, daß Kate großen Respekt vor ihm hatte und sehr verschüchtert war, wenn er sich an sie wandte.

»Vielleicht können Sie den Vater am Abend aufsuchen. Er ist jetzt sicherlich nicht zu Hause, und wir wissen nicht, wo er arbeitet.«

»Der geheimnisvolle Mann in unserem Dorf«, sagte Sheina verärgert. Vater und Tochter, die allein in der Einsamkeit der Heide hausten, hatten dem Dorf reichlich Gesprächsstoff geliefert und zu etlichen Vermutungen Anlaß gegeben.

»Das Mädchen ist wahrscheinlich nach Hause gegangen. Ich verstehe nicht, wieso ein Gedicht sie so aufregen konnte.« In der Stimme des Schulleiters lag mehr als Ärger. Er machte sich plötzlich Sorgen. was war, wenn Kate erkrankt war, mit einem Blinddarmdurchbruch irgendwo auf einem Hügel lag und schreckliche Schmerzen litt? Die Schule konnte verklagt werden.

Wenn ihm als erstes so etwas einfiel, dachte er mürrisch, war es höchste Zeit, daß er in Pension ging. Er fuhr sich mit den Händen wieder durch die dichten Haare, und Sheina hätte beinahe gekichert, weil er wie eine erschrockene Eule aussah.

Der Tag schleppte sich müde dahin. Als er zu Ende war, konnte sich Sheina, die Regensachen anzog, nicht an die Stunden erinnern, die sie gehalten hatte. Die Sorge um Kate war zu unerträglicher Angst geworden. Womöglich hatte jemand dem Kind angeboten, es im Auto mitzunehmen, und hatte ihm etwas angetan. Womöglich war es zum Strand gelaufen, den es so liebte, war in den Felsen abgestürzt und lag verletzt irgendwo.

Wo sollte sie überhaupt mit der Suche beginnen?

Zuerst mußte sie feststellen, ob das Kind nach Hause gegangen war. Vielleicht befand es sich schon seit Stunden sicher im Cottage.

Der Regen hatte aufgehört, aber es stürmte noch immer. Sheina fuhr die schmale, kurvenreiche Straße entlang und auf den Hügel hinauf. Das Geräusch des Sturms störte sie. Die Straße verwandelte sich in eine Fahrspur; sie ließ den Wagen stehen und ging das letzte Stück zum Cottage zu Fuß. Dunkle Fenster starrten sie gleichgültig an. Sie klopfte, aber niemand öffnete.

Sie drehte sich um und musterte die regennasse Heide, den grauen, unbeteiligten Himmel, die Wellen, die sich an den Felsen brachen. Es war ein wilder, einsamer Ort, ein Ort, an den man kein feinfühliges Kind bringen durfte. Es war hier vollkommen allein.

Und wo war der Mann, der es gezeugt und dann offenbar die gesamte Verantwortung dafür auf jemand anderen abgewälzt hatte?

Der Regen hatte Gavin aus seinem Versteck vertrieben. Heute hatte es keinen Sinn zu filmen. Der Nebel trübte die Kameralinsen, und die Vögel zeigten sich nicht. Er ging langsam den Hügel hinunter, dachte darüber nach, was er Kate sagen sollte, dachte darüber nach, wie er die Kluft überbrücken konnte, die sich zwischen ihnen aufgetan hatte.

Er war ein Einzelkind gewesen, und seine überfürsorgliche Mutter hatte versucht, ihn von Mädchen fernzuhalten. Sein Vater war ein schüchterner Mensch, der nicht viel Zeit für seinen Sohn hatte, und deshalb war Gavin nie auf den Gedanken gekommen, daß auch Männer sich mit Kindern befassen können.

Er war durch seine Arbeit häufig verreist gewesen und hatte im Ausland gefilmt; obwohl er Kate liebte, begriff er jetzt, daß er sie kaum kannte. Seit ihre Mutter gestorben war, hatten sie sich offenbar noch weiter voneinander entfernt. Er war zu sehr in seinem Kummer aufgegangen.

Ihr muß die Mutter schrecklich fehlen, dachte er, und der Zorn über seine unvernünftige Reaktion wurde immer größer. Er ging schneller. Sie würde zu Hause sein, und er würde es wiedergutmachen. Irgendwie. Aber er hatte keine Ahnung, wie.

Er bog um die Ecke des Hauses und erschrak, als er vor der Tür eine fremde Frau erblickte, die ihn anstarrte. Sheinas Augen waren von Sorge und Zorn erfüllt. Sie stand einem hochgewachsenen Mann gegenüber, dessen dunkle Haare graumeliert waren und dessen Gesicht hager und müde wirkte. Kate sah ihm nicht ähnlich; sie war wahrscheinlich ihrer Mutter nachgeraten.

»Ja?« fragte er. Er wollte die Fremde loswerden, wollte hineingehen, Kate in die Arme schließen und ihr sagen, wie lieb er sie hatte.

»Ich bin Sheina McDonald, Kates Klassenlehrerin. Kate ist heute vormittag aus der Schule weggelaufen. Ich wollte nachsehen, ob sie hier ist, aber sie ist nicht da.«

Gavin starrte sie an. Der Nebel, der die Gipfel verhüllt hatte, war den Hang hinuntergetrieben; die Bucht war bereits nicht mehr zu sehen. Die graue Feuchtigkeit, die alles einhüllte, entsprach seiner Stimmung.

Er sah auf die Uhr.

Es war nach fünf Uhr, und Kate hätte seit über einer Stunde zu Hause sein müssen.

Sheina hatte vorgehabt, ihm ihre Meinung zu sagen, dem gleichgültigen Vater, der sich überhaupt nicht um seine Tochter kümmerte, Vorwürfe zu machen. Doch als sie sein verzweifeltes Gesicht sah, wußte sie, daß sie die Situation mißverstanden hatte.

Gavin hatte geglaubt, daß die Probleme, vor denen

er stand, das Schlimmste waren, das ihm je widerfahren war. Jetzt wußte er, daß er sich geirrt hatte, und er starrte blicklos in den treibenden Nebel. Es war kalt, und Kate war allein irgendwo da draußen.

»Wo kann sie denn sein?« fragte er verzweifelt. »Und was können wir tun? Wo sollen wir mit der Suche beginnen?«

Sheina blickte den Hang hinauf. Der Nebel machte ihr einen Strich durch die Rechnung, er dämpfte alle Geräusche, sie standen wie isoliert vor der Tür des Cottages. Wo war das Kind? War es womöglich abgestürzt und lag mit einem gebrochenen Bein im Heidekraut? Oder war es gar tot?

Dann setzte sich ihr praktischer Verstand durch. »Steigen Sie in meinen Wagen«, sagte sie. »Wir müssen eine Suchmannschaft losschicken. Das ganze Dorf wird sich beteiligen.«

Gavin war nicht mehr fähig zu denken. Er saß neben ihr, während sie die elende Straße entlangrumpelten, und versuchte, sich auf die Adler zu konzentrieren. Seine Angst war so groß, daß er nicht an Kate denken konnte.

Er verfluchte den Nebel, der die Sicht einschränkte und Kate in Gefahr brachte. Er hätte sie nie in diesen gottverlassenen Ort bringen dürfen.

Siebtes Kapitel

Kates Schluchzen verstummte erst, als sie vollkommen erschöpft war. Sie bemerkte weder den Regen, noch spürte sie die Kälte. Irgendwann fiel sie in unruhigen Schlummer, fuhr jedoch hoch, als weit über ihr ein Adler schrie. Sie zitterte. Der nasse Rock klebte an ihrem Körper, aber der dicke Anorak war wasserdicht, so daß wenigstens ihre obere Körperhälfte trocken blieb.

Der Nebel war dichter geworden. Sie starrte in die treibenden Schwaden und versuchte, sich zu orientieren. Sie hatte nicht darauf geachtet, wohin sie ging, hatte keine Ahnung, wo sie sich befand.

Der Felsen hinter ihr war hart und naß. Sie war verkrampft und steif, fror, und ihre Augen brannten und schmerzten. Sie hatte Hunger.

Sie bog und streckte ein Bein nach dem anderen, setzte sich auf einen Stein, suchte in der Tasche und zog ihr Lunchpaket heraus. Sie zerrte am Brot. Es war altbacken. Sie vergaßen oft, einen frischen Laib zu kaufen. Das Fleisch war zäh und war zu lange gebraten worden, aber die saure Gurke darauf schmeckte gut. Ein heißes Getränk hätte ihr gutgetan. Die kleine Packung Orangensaft würde ihren Durst stillen, sie aber nicht wärmen. Sie wollte jetzt nicht alles aufessen, was sie mithatte. Sie wußte ja nicht, wann sie wieder zu einer Mahlzeit kommen würde.

Sie holte den Orangensaft aus der Tasche, durchstieß die winzige Metallfolie mit dem Strohhalm und trank.

Es hatte keinen Sinn, wenn sie davonlief. Wohin sollte sie sich wenden? Wo konnte sie sich verstecken? Wovon sollte sie leben?

In den Büchern kamen immer wunderbar geschickte Kinder vor, die sich einen Unterstand bauten, Fische fingen und von Beeren lebten. Das bedeutete, daß sie nur im Herbst weggelaufen sein konnten, weil das die einzige Jahreszeit war, in der es Beeren gab. Oder sie fanden bei merkwürdigen Menschen, die in der Abgeschiedenheit lebten, ein Obdach, oder sie waren Landstreicher.

Wenn heute ein Kind vor der Tür eines Hauses stand und um Unterkunft bat, riefen die Bewohner sofort die Polizei an. Außerdem lebten in dieser Gegend so wenige Menschen, daß jeder jeden kannte. Sie konnte daher nicht behaupten, daß sie das Kind eines Sommergastes war. Und für Urlauber war es noch zu früh.

Das Fernsehen würde die Bevölkerung bestimmt auffordern, nach ihr Ausschau zu halten. Ihr Vater würde doch sicherlich zur Polizei gehen und sie nicht sich selbst überlassen? Vielleicht war es ihm ja gleichgültig. Vielleicht war er froh, daß sie ihm nicht mehr zur Last fiel und allen erzählen konnte, daß sie jetzt bei Verwandten lebte. Niemand wußte, daß sie keine Verwandten hatte.

Nein, ihr Vater würde sich Sorgen um sie machen. Sie zog den langen Anorak enger um sich und stellte sich vor, wie er sie verzweifelt anflehte, zurückzukommen. Oder er ließ in einer Zeitung einen Aufruf veröffentlichen: »Kate. Alles vergeben. Komm nach Hause. Ich liebe dich. Vater.«

Vielleicht starb sie im Nebel. An Unterkühlung. Sogar im Hochsommer starben Menschen auf der Bergheide. Würde es ihm leid tun? Hypothermie (abnormal niedrige Körpertemperatur), das war das Wort. Sie war sicher, daß sie bereits daran litt. Ihr war so schrecklich kalt.

Ihr Vater hatte sie oft genug vor den Gefahren der Hügel gewarnt, wenn der weiße Nebel trieb und Land und Meer verbarg. Man konnte leicht in eine Spalte stürzen oder über eine Felskante fallen und in den hohen Wellen ertrinken. Ertrinken wie Ophelia, nur hatte sie keine langen, blonden Haare, die wie Tang auf dem Wasser trieben. War Ophelia überhaupt blond gewesen? Was für unsinnige Gedanken das waren, aber wenn sie an Ophelia dachte, dann dachte sie weder an ihren Vater noch an die Kälte.

Sie erschauerte.

Ihr Vater besaß einen Band mit Gedichten über die schottischen Hügel, die Kate gelesen hatte. Am liebsten waren ihr die Gedichte, die über Schwung und Rhythmus verfügten.

Ihr fielen zwei Zeilen ein.

Der Berg, auf dem ich auf mondbeschienen
Steinen tanzte,
Hat Kinder getötet.

Sie saß auf einer Bergkante, und hoch über ihr befanden sich das Adlernest und das Versteck ihres Vaters. Der Nebel war noch dichter geworden, und das Atmen fiel ihr schwer. Hoffentlich setzte der Wind bald ein und vertrieb den Nebel. Wenn das nicht geschah, konnte der Berg sehr wohl ein Kind töten. Würde sie dann bei ihrer Mutter sein?

Sie wollte nicht an Unterkühlung sterben und auch nicht über die trügerisch glatten Felsen hinunterstürzen und zerschmettert auf dem mit Felsbrocken übersäten Strand liegenbleiben. Der heilende Tang. Der Geruch des verfaulenden Seetangs lag in der Luft. Sie bildete sich ein, daß sie das leise Gleiten und Saugen der Wellen am Strand hörte. Sie mußte dem Meer sehr nahe sein.

Wie nahe? Wie hoch?

Es war sehr still, und die Stille jagte ihr Angst ein. Zu ihren Füßen wuchsen kleine Blumen; sie waren gelb, hatten einen roten Fleck in der Mitte und sahen wie rote Augen aus. Märchenblumen, die zwischen den kalten, harten Steinen wuchsen.

Hinter ihr murrte gedämpft ein Wasserfall; er war so weit entfernt, daß das Geräusch beruhigend wirkte. Kate versuchte, sich daran zu erinnern, wie weit es vom Wasserfall nach Hause war. Sie wollte ins Cottage, zu den tanzenden Flammen des Kaminfeuers zurück; sie sehnte sich danach, wieder auf dem Kaminvorleger zu liegen, sich auf die Ellbogen zu stützen und sich Geschichten auszudenken, die sie eines Tages schreiben würde.

Falls sie am Leben blieb und auf den mondbeschienenen Steinen des Berges tanzen konnte, statt tot an seinem Fuß zu liegen.

Es war dumm von ihr gewesen wegzulaufen. Sehr dumm. Aber sie hatte weder die Worte noch die Erinnerung ertragen, die sie weckten. Die Erinnerung an ihre Mutter, die vor dem Feuer auf dem Vorleger saß und den Arm um ihre kleine Tochter legte; ihre tiefe Stimme war sanft gewesen, und immer hatte Lachen in ihr mitgeschwungen.

Gestern war der Geburtstag ihrer Mutter gewesen, und ihr Vater hatte sich nicht einmal daran erinnert. Es gab kein Grab, das sie besuchen, mit Blumen überschütten konnte, um den Schmerz zu lindern; als sie auf den Kalender geblickt hatte, war der Schmerz so heftig geworden, daß sie ihn kaum ertragen konnte.

Ihr Vater sprach nur selten mit ihr. Sie war so einsam. Es gab noch ein Gedicht, das ihre Mutter ihr vorgelesen und das sich ihr eingeprägt hatte. Aber all das lag so lange zurück, denn es war kurz nach dem Tod des Großvaters gewesen.

> Sie haben mir erzählt, Heraklitus, daß du tot
> bist,
> Sie brachten mit bittere Nachrichten und ich
> vergoß bittere Tränen.

Ich weinte, als ich mich daran erinnerte, wie
oft du und ich
Die Sonne mit unserem Gespräch ermüdeten,
bis sie den Himmel verließ.

Wann würde endlich der Wind einsetzen und den Nebel vertreiben? Ihre Mutter hatte Gedichte geliebt, und Kate hatte alle ihre Bücher behalten.

Kate, die sich im Nebel zusammenkauerte, die versuchte, sich warmzuhalten, erinnerte sich plötzlich an einen besonders scheußlichen Tag, an dem in der Schule alles schiefgegangen war. Ihre beste Freundin hatte die Aufgaben aus Kates Rechenheft abgeschrieben. Bei zwei Beispielen hatte Kate sich verrechnet, und in Lynnes Heft stand das gleiche falsche Ergebnis wie bei ihr. Lynne, die blond war und riesige, dunkle, unschuldsvolle Augen hatte, behauptete, daß Kate von ihr abgeschrieben habe. Kate war zur Schulleiterin geschickt worden, weil sie geschwindelt hatte. Das war das schwerste Verbrechen, das man an dieser Schule begehen konnte.

Die Schulleiterin jagte allen Schülern Angst ein; sie war einen Meter achtzig groß und hatte die dunklen Haare zu Zöpfen geflochten und wie eine Krone aufgesteckt, so daß sie noch größer wirkte. Sie trug immer einen Talar, der hinter ihr wehte, wenn sie durch die Schule ging. Ihre Augen blitzten vor Zorn. Kate hatte ihr Verbrechen dadurch verschlimmert, daß sie log. Gestehe, und die Strafe wird geringer ausfallen!

Kate hatte nicht vor, ein Verbrechen zu gestehen, das

sie nicht begangen hatte. Sie sollte eine Woche lang täglich einen Psalm lernen und ihn jeden Morgen vor dem Gebet vor der Schulleiterin aufsagen. Kate hatte bis dahin noch nie Ungerechtigkeit erlebt.

Außer ihrer Mutter glaubte ihr niemand; Lynne war einmal zum Tee zu ihnen gekommen, und dabei war Kates Mutter aufgefallen, daß das Kind es mit der Wahrheit nicht sehr genau nahm. Der Verrat schmerzte Kate; sie mußte sich damit abfinden, daß sie ihrer Freundin nicht vertrauen konnte. Als Kate Lynne Vorwürfe machte, hatte diese gelacht.

»Jeder ist sich selbst der nächste, meine Liebe«, hatte sie spöttisch gesagt. Kate wußte nicht, daß Lynne diesen Ausspruch von ihrem Vater hatte, der harte Geschäftsmethoden über alles schätzte und seine Kinder lehrte, daß es im Leben am wichtigsten war, den anderen einen Schritt voraus zu sein, ganz gleich, wie man das schaffte.

Kate hatte geglaubt, daß sie Freundinnen waren, aber jetzt war sie mißtrauisch. Sie hätte jetzt gern gewußt, was Lynne wirklich dachte, was sie hinter ihrem Rücken über sie sagte. Ungerechterweise war Kate vor der ganzen Klasse als Schwindlerin bezeichnet worden.

»Es ist unfair«, hatte sie verzweifelt gerufen, als sie nach Hause kam, in Tränen ausbrach und sich nicht beruhigen lassen wollte. Ihre Mutter hatte ihr kleine Fladen getoastet, ein seltener Genuß, und sie, so gut es ging, getröstet; dann hatte sie über die Probleme gesprochen, die es im Leben gibt und die immer größer werden, je älter man wird.

Kate, die bis dahin davon überzeugt gewesen war, daß Erwachsene keine Probleme haben und daß es immer wunderbar fair und gerecht zugeht, wenn man erst einmal erwachsen ist, hatte ungläubig zugehört. Sie war damals noch sehr jung, erst elf, und es war ihr erstes Jahr in der Oberstufe.

»Ich hatte als junges Mädchen auch das Gefühl, daß das Leben schrecklich ist«, hatte ihre Mutter erklärt. »Ich schrieb ganz düstere Gedichte, in denen meine tiefe Verzweiflung zum Ausdruck kam. Vor allem, als ich sechzehn und bis über beide Ohren verliebt war. Er hieß Georgie Biggs, hatte Sommersprossen und Pickel, und meine Mutter fand ihn schrecklich. Er brachte mich zum Lachen. Und dann ging er mit meiner besten Freundin auf den Schulball.«

Kate hatte sich nie vorstellen können, daß ihre Mutter einmal sechzehn Jahre alt gewesen war und Freunde gehabt hatte, die sie wegen einer anderen sitzenließen. Ihr wurde erst jetzt klar, daß ihre Eltern lange, bevor sie auf die Welt kam, bereits ein eigenes Leben geführt hatten.

Es war besser, an die Vergangenheit zu denken und sich zu erinnern, statt sich vorzustellen, daß sie in den Felsen abstürzen oder daß der Nebel sich nie auflösen und sie an Unterkühlung sterben würde.

Ihre Mutter hatte in dem großen Schaukelstuhl gesessen und gestrickt. Kate konnte beinahe das Strickmuster und die Wolle auf den Nadeln sehen und die sanfte Stimme hören.

Die Verzweiflung ihrer Tochter hatte bei Kates Mutter Erinnerungen geweckt.

Sie hatte träumerisch weitergesprochen und Kate dadurch Zeit gegeben, sich von ihrem Schock zu erholen.

»Damals war die Klage der schottischen Königin Maria Stuart mein Lieblingsgedicht. Die arme Frau hatte ganz andere Sorgen! Sie schrieb: ›Ein Wurm im Herzen und ein Krebsgeschwür im Kopf. Außer für die Toten gibt es für niemand Frieden.‹« An dieses Gedicht erinnerte sich Kate nicht gern. Ihre Mutter war tot. Hatte sie Frieden gefunden? Warum war Gott so grausam? Ihre Mutter hatte nie Unrecht getan und trotzdem in zertrümmertem Metall, das über die eisige Straße schlitterte, sterben müssen. Es war nicht fair.

Es war auch nicht fair, daß ihr Vater offensichtlich nicht zur Kenntnis nahm, daß Kate erwachsen wurde, kein kleines Mädchen mehr war, mit dem man nicht vernünftig reden konnte und das nur in seiner sicheren, geschützten Welt leben und mit Puppen spielen wollte.

Wenn er ihr doch neue Kleider kaufte! Hübsche Kleider. Dann würden die anderen Kinder sie vielleicht nicht mehr auslachen. Der Nebel riß plötzlich auf, und sie sah den Hang, der erschreckend steil zur Bucht tief unten abfiel. Dann schloß sich der Nebel wieder, und sie drückte sich an den Felsen, weil ihr klar geworden war, wie knapp sie einem Absturz entgangen war, bei dem sie sicherlich den Tod gefunden hätte.

Sie versuchte, an glücklichere Tage zu denken, aber sie kehrte im Geist immer zu der Zeit zurück, als ihre Mutter noch gelebt hatte. Diese Erinnerung war ihr teuer gewesen – bis zum vergangenen Abend. Jetzt war sie zerstört; sie hörte ihren Vater wieder schreien, sah sein zorniges Gesicht und die Wut in seinen Augen, die ihr Angst eingejagt hatte. Aber er hatte heute morgen gesagt, daß es ihm leid tat. Kate sah sein Gesicht wieder vor sich: Es war weiß und besorgt, und seine Augen sahen sie an, als wäre er genauso durcheinander wie sie. Sie hatte sein Friedensangebot abgelehnt, hatte sich von ihm abgewendet.

Und jetzt würde sie vielleicht wegen ihrer Dummheit sterben. Er hatte ihre Mutter ebenfalls und schon viel länger geliebt als Kate. Sie hätte ihm verzeihen sollen. Sie hätte nicht aus der Schule weglaufen sollen. Gott ließ sie dafür büßen, indem er sie in Gefahr brachte.

Sie wagte nicht, sich weit von der Stelle zu entfernen, an der sie sich befand. Aber sie mußte sich bewegen. Ihr war kalt, ihre Muskeln waren total verkrampft, die Angst in ihr nahm so sehr zu, daß ihr Mund trocken war und ihr Herz wild hämmerte. Sie mußte überlegen. Ihr war so kalt. Sie wagte nur, bergauf zu gehen und sich dabei an der rauhen Oberfläche des Felsens festzuhalten. Als sie blindlings immer weiterlief, hatte sie sich auf der Heide verirrt und stand jetzt auf einem schmalen Sims. Sie hatte auf nichts geachtet. Sie hatte nichts gesehen, weil die Tränen sie blind machten.

Sie schob sich Schritt für Schritt weiter, ihre Hand griff nach dem harten Felsen, ihr Fuß tastete nach festem Boden. Dann fand ihre rechte Hand plötzlich keinen Griff mehr. Der Boden unter ihren Füßen war mit kleinen Steinen bedeckt. Durch den wirbelnden Nebel sah sie die Steine nur undeutlich. Sie hatte noch nie so dichten Nebel erlebt.

Wie weit konnte sie sehen? Vielleicht einen Meter,

nicht mehr. Von irgendwo neben ihr kam ein Geräusch, und sie bemerkte eine Bewegung. Sie lehnte sich keuchend an den Felsen, und ihr Herz schlug wie wild. Das Gemurmel des Wasserfalls war ihr jetzt näher und füllte die Stille mit Lärm. Aber jetzt war das Geräusch nicht mehr friedlich, sondern bedrohlich.

Aber das war es nicht, was sie gehört hatte.

Und wenn sich hier ein alter Vagabund in einer Höhle verkrochen hatte? Oder ein Verbrecher, den man aus dem Dorf vertrieben hatte und der nach Frauen und kleinen Mädchen Ausschau hielt? Wenn man in der modernen Welt aufwuchs, wußte man über die Gefahren Bescheid, die in der Dunkelheit lauern und den Unerfahrenen und Ahnungslosen drohen.

Eine Hand, die ihren Hals umschloß; ein wildes Gesicht, daß sie angrinste, kalte Augen, die sie anstarrten. Kate duckte sich, als wolle sie sich noch besser verstecken, und das Geräusch kehrte wieder. Sie konnte es nicht identifizieren. Es war ein seltsames Geräusch, ein weiches Geräusch, ein unnatürliches Geräusch, das den Nebel irgendwie verstärkte, so daß es hinter ihr widerhallte. Das Tappen von weichen Füßen, die erbarmungslos näher kamen.

Er war bei ihr, berührte sie beinahe, und sie war im Begriff zu schreien.

Der Schrei erstarb ihr in der Kehle, als der Kater aus der Höhle heraushinkte. Sie starrten einander einen Augenblick lang an. Der Nebel kräuselte sich um ihn, so daß er gespenstisch aussah, ein Geist, den ihre Phantasie ins Leben gerufen hatte. Aber die grünen Augen dicht vor ihr waren wirklich. Sie sah den dunklen, senkrechten Schlitz in ihnen und ihre dunkle Umrandung.

Weiße Schnurrhaare, eine weiße Schnauze und das kleine, rote Maul. Er öffnete es, miaute schwach, und die weißen Zähne glitzerten. Sie sah die rote, gestreifte Zunge. Die Wunde auf seiner Schulter war schlimmer geworden und nur noch eine Masse eiternden Fleisches. Er war ihr so nahe, daß sie ihn hätte berühren können.

Sie starrten einander einen Augenblick lang ins Gesicht, denn Kate duckte sich noch immer. Ihre Angst war verflogen, aber der Kater zog die Lippen zu einem geräuschlosen Knurren hoch und wich zurück.

Kate vergaß, daß ihr kalt war. In ihrer Tasche befanden sich noch ein Schokoladenriegel, ein Apfel und ein Brötchen mit kaltem Braten.

Der Kater sollte das Brötchen haben. Sie kniete nieder. Der Kater beobachtete sie. Seine Schulter pochte, und der Schmerz stach wie Nadeln, so daß er nur noch hinken konnte. Sein Lebenswille erlosch allmählich. Er hatte einen geschützten Ort aufgesucht, weil er instinktiv ahnte, daß er sterben mußte, ohne zu wissen, was der Tod war. Und er war dem Tod schon nahe. Wenn der Kater nicht jagen konnte, bekam er keine Nahrung. Die Wunde würde ohne menschliche Hilfe nie heilen. Aber das wußte er nicht.

Er hatte stundenlang ruhig in der Höhle gelegen und das Wasser der kleinen Pfützen aufgeleckt, die sich auf dem Boden bildeten. Sein letzter, verzweifelter Jagdversuch war schiefgegangen; er hatte sich ungeschickt auf ein Kaninchen gestürzt und war seitwärts gefallen;

das Kaninchen war geflüchtet, und er mußte die Hoffnung auf Nahrung aufgeben.

Er war zu schwach, um sich über den steilen Hang hinunterzuwagen und in den Gezeitentümpeln zu fischen, in denen die fische vielleicht eine leichtere Beute gewesen wären.

Er hatte zwei Stunden gebraucht, um in den Schutz der Höhle zurückzukriechen und vor Wind und Regen sicher zu sein. Dort war er liegengeblieben, hatte die schmerzende Wunde geleckt, hatte geschlafen und geträumt, daß er wieder stark war.

Er erwachte durch ein Geräusch und einen Geruch, den er kannte. Das Mädchen hatte ihn schon einmal gefüttert. Sie bedeutete Nahrung. Er sah mißtrauisch zu, wie sie die Schnallen ihrer Tasche öffnete und in ihr herumkramte. Er roch das Fressen, das sie in der Hand hielt. Der Hunger war zu einem wütenden Schmerz in seinem Magen geworden.

An die Stelle der Wildheit trat Schwäche.

Der Nebel schloß sie ein, so daß er sich ihr nähern mußte, wenn er sie sehen wollte. Er starrte sie an. In seinem Maul sammelte sich Speichel. Er flehte um Fressen.

Er roch das Fleisch, und der Hunger, der schon seit drei Tagen in ihm wütete, fegte die letzten Hemmungen weg. Er kroch vorwärts. Kate brach das Brot in Stücke, warf ihm eines nach dem anderen zu und achtete darauf, daß jedes Stück näher bei ihr landete.

Er fraß das Brot, kauerte über ihm, beobachtete Kate unverwandt. Er war noch nie einem Menschen so nahe gewesen. Sie hielt ihm die Fleischstücke hin. Es waren zwei dicke Scheiben. Sie konnte sie nicht zerkleinern, weil sie zu zäh waren.

Dann erinnerte sie sich und änderte ihre Taktik. Sie zerriß das Fleisch mit den Zähnen. Der Kater beobachtete sie, und sie hielt ihm ein kleines Stück hin.

Fleisch!

Er entriß es ihr und fraß. Es war noch mehr Fleisch vorhanden. Er sah zu, wie jedes Stück zu ihrem Mund wanderte, sah zu, wie sie es zerriß, und dann fraß er. Er nahm das Fressen aus ihren Fingern. Kate zerbiß das Fleisch zu winzigen Stückchen.

Sie hatte vergessen, daß ihr kalt und ihr Rock durchnäßt war. Sie hatte vergessen, daß sie allein und davongelaufen war. Sie hatte alles vergessen bis auf das Bedürfnis, das Vertrauen des schönen Tieres zu gewinnen und ihm zu helfen, so daß es wieder gesund wurde. Die Schicht aus getrocknetem Blut war entsetzlich. Sie sah, daß er sehr krank war.

Sein Fell war matt.

Er war mit der ersten Scheibe Fleisch fertig, kroch fast neben sie und nahm den Rest des Fleisches aus ihren Fingern entgegen. Sie war entschlossen, das zweite Stück in noch kleinere Stücke zu zerreißen, so daß es länger vorhielt und sie sein Vertrauen gewann.

Schließlich war die Mahlzeit zu Ende. Der Kater zog sich nicht zurück. Er kauerte neben ihr, und Kate berührte sehr sanft das weiche Fell, strich über den getigerten Kopf und vermied vorsichtig die eitrige Masse, die ihn bestimmt töten würde, wenn man nichts unternahm.

Der Nebel geriet in Bewegung. Kate sah den Eingang

zur Höhle. Der Kater blickte zu ihr auf, und seine großen Ohren bewegten sich in alle Richtungen, als lausche er. Tigerstreifen auf dem runden Kopf; Tigerstreifen auf dem mageren Körper; weiße Schnauze, ein weißer Fleck auf der Brust.

Dann erhob er sich langsam und mühsam. Er hinkte zum Eingang der Höhle zurück, und Kate folgte ihm. Sie wußte jetzt, daß dies sein Zufluchtsort war, der vielleicht auch ihr Schutz bieten würde. Würde ihr der Kater erlauben, ihm hinein zu folgen? Sie kroch auf Händen und Knien weiter und tastete jeden Zentimeter des Bodens ab. Sie befand sich vor dem felsigen Eingang zu einem Tunnel, der eine Kurve beschrieb und damit den Wind abhielt.

Ein enger Durchgang. Ihre suchende Hand berührte unerwartet den Kater, und er fauchte sie an. Seine Pfote schlug warnend nach ihr, aber seine Krallen waren eingezogen.

Sprich mit den Tieren, hatte ihre Mutter gesagt. Deine Stimme tröstet sie, beruhigt sie, gibt ihnen Sicherheit. Sie hatte gelernt, mit ihrem Pony zu sprechen, wenn sie ausritten, und sich mit der Hündin ihres Nachbarn zu unterhalten. Susie war ein reizendes kleines Tier gewesen, aber sie war zu lange bei dem Züchter geblieben und war beinahe fünfzehn Wochen alt, als die Sykes sie kauften. Sie hatte bis dahin in einem Zwinger gelebt und hatte Angst vor der Welt. Kate hatte sie beruhigt, indem sie neben ihr kniete, sie streichelte, ihr erklärte, wie brav sie war und wie wunderbar es hier war und daß der Verkehr, der Wind, das Fließwasser aus den Hähnen ihr nie etwas tun konnten.

Nell Sykes hatte keine Kinder und war für Kate eine Ersatztante gewesen. Kate sehnte sich nach ihr und nach ihrem Mann, der immer gelacht hatte, voller Witze steckte und ständig Geschichten von seinen Erlebnissen als Matrose erzählte. Er war oft fort; seine Frau war einsam gewesen und hatte sich über Gesellschaft gefreut. Ihr Haus war mit Trophäen aus der ganzen Welt vollgestopft. Afrikanische Puppen, Masken, Speere und Schilde der Krieger. Ein faszinierender Aufenthaltsort für ein kleines Mädchen.

Vielleicht konnte sie zu den Sykes zurückkehren und bei ihnen leben. Ihr Vater wollte sie offensichtlich nicht bei sich haben. Aber jetzt war das Wichtigste auf der Welt, daß sie den Kater zähmte, so daß sie ihm helfen und die schreckliche Wunde heilen konnte.

Sie lehnte sich an die Wand und begann, in der Dunkelheit zu sprechen. Sie sagte die Psalmen auf, die sie vor so langer Zeit hatte lernen müssen, als man sie zu Unrecht beschuldigte, geschwindelt zu haben. Die Worte waren schön und sanft, obwohl auch sie wie Geschichten klangen, die man erzählte, um ein Kind zu trösten.

Die Welt war brutal.

»Der Herr ist mein Hirte, mir wird nichts mangeln.«

Von dem Kater kam kein Geräusch, obwohl sie wußte, daß er hinter ihr in der Dunkelheit kauerte; gelegentlich hörte sie, wie er sich bewegte und zischend einatmete.

Draußen würde es bald dunkel sein. Sie würde erst wagen, sich zu rühren, wenn der Nebel verschwand und sie etwas sehen konnte.

Weitere Gedichte. Kate schlüpfte aus dem Rock und wickelte sich in den warmen, weichen Anorak. Er reichte ihr beinahe bis zu den Knien, und wenn sie sich zusammenkauerte, bedeckte er sie ganz. Er war ihr viel zu groß. Es war nur gut, daß sie sich dafür und nicht für einen ihrer Anoraks oder einen dünneren Mantel entschieden hatte.

Sie sagte in der Dunkelheit weiterhin Gedichte auf und mußte gelegentlich ein Kichern unterdrücken. Kate McKendrick war im Nebel von der Außenwelt abgeschnitten, versteckte sich in einer Höhle und sprach mit einem Wildkater.

War er wirklich ein Wildkater oder nur ein verwilderter Bauernkater? Es spielte eigentlich keine Rolle.

Das Aufsagen half ihr, beruhigte sie, füllte die endlosen Minuten und die lange Nacht, die vor ihr lag.

»Die drei schwarzen Katzen in Hansens Mühle ...«

Das hatten sie in ihrer ersten Schule gesungen. Vielleicht würde es ihm gefallen, wenn sie sang. Sie begann, sehr leise zu summen.

Die Zeit verging unendlich langsam. Sie tastete um sich, denn ihr war der scharfe Geruch in der Höhle bewußt, in der der Kater seit einigen Wochen sein Lager hatte. Auf dem Boden lagen Knochen. Kleine, säuberlich abgenagte Knochen.

Sie sah den Eingang undeutlich, sah den alles einhüllenden Nebel und die tiefer werdende Dunkelheit. Sie würde bis zum Morgen hierbleiben müssen.

Sie rollte sich im Anorak zusammen und zog die Knie zum Kinn hinauf. Die Höhle war trocken und wärmer als die Luft im Freien. Sie aß den halben Schokoladenriegel; den Rest hob sie für das Frühstück auf. Sie war jetzt sehr hungrig. Schließlich legte sie den Kopf auf ihre Tasche und schlief vor Erschöpfung beinahe sofort ein.

Sie wußte nicht, daß das Dorf alarmiert worden war und daß sich alle einsatzfähigen Männer bald auf die Suche nach ihr begeben würden.

Zwischendurch wachte sie einmal auf, weil sich ein warmer Körper an sie schmiegte. Der Kater, der ebenfalls fror, hatte sich an sie gekuschelt.

»Mein Löwenkater«, flüsterte sie. »Ich werde dich nach Hause mitnehmen, dich heilen, dich betreuen, und du wirst mir gehören, solange du lebst. Ich werde dich Leo nennen.«

Vom Tier kam eine leise Reaktion. Kate lauschte ungläubig.

Es schnurrte.

Achtes Kapitel

Sheina fuhr den schmalen Fahrweg so schnell entlang, wie es ihr möglich war. Der Wagen schleuderte und versuchte auszubrechen, die Haarnadelkurven erforderten ihre volle Konzentration, und in der Bucht unterhalb von ihr prallten die Wellen dröhnend an das Ufer. Der Nebel wurde immer dichter, bis das Fahren zum Alptraum wurde; sie starrte mit zusammengekniffenen Augen in die Düsternis und schlich nur noch dahin, bis sie die Straße erreichten; doch auch dann mußte sie langsam fahren, weil der Straßenrand kaum auszumachen war und jenseits von ihm das sumpfige Moor lag. Und wenn sie dort landeten, würde der Wagen für immer versinken.

Ach Kate, dachte sie. Warum mußtest du ausgerechnet an einem solchen Tag weglaufen?

Gavin starrte mit brennenden Augen aus dem Fenster. Im Geist sah er Kate auf den Hügeln, sah, wie sie auf den Felsen abstürzte und zerschmettert auf dem steinigen Strand liegenblieb oder wie ihre Leiche in den Wellen trieb; ihr Gesicht würde ihn bis in alle Ewigkeit verfolgen.

»Warum ist sie davongelaufen?« fragte er. »Sie ist doch zum Unterricht gegangen; wenn sie sofort weggelaufen wäre ... ich war zornig auf sie ... und das war nicht fair von mir.«

»Warum waren Sie zornig? Was hatte sie getan?«

»Sie sagte ein Gedicht auf, das ihre Mutter geliebt hatte, und ihre Stimme klang wie die Stimme ihrer Mutter. Ich konnte es nicht ertragen.«

»›Stürmische Nächte ... Wenn weder Mond noch Sterne am Himmel stehn ...‹« zitierte Sheina.

»Sie hat Ihnen davon erzählt?«

»Nein. Es war windig, die Kinder waren unerträglich, und ich konnte mich nicht auf den Unterricht konzentrieren und las ihnen statt dessen Gedichte vor. Ich wählte ausgerechnet dieses Gedicht.«

»Sie konnten es nicht wissen«, meinte Gavin. »Und Kate konnte es auch nicht wissen.«

Mit dieser Feststellung gab er sich geschlagen. Er gab zu, daß er bei seinem Kind versagt hatte, daß er nicht wußte, wie er ihr oder sich helfen sollte. Er sah die restlichen Jahre seines Lebens vor sich: einsam, ohne Liebe, ohne Freunde.

»Es wäre besser gewesen, wenn ich gestorben und ihre Mutter am Leben geblieben wäre«, stellte er fest. Der kleine Innenraum des Wagens verlockte zu Geständnissen, das Schweigen der Frau neben ihm fällte kein Urteil, sprach ihn nicht schuldig. »Ich habe sogar Angst, ihr einen Gutenachtkuß zu geben, damit die Leute nicht auf dumme Ideen kommen.«

Ich hasse die Welt, die sie sich geschaffen haben, dachte Sheina. So etwas war ihr nie eingefallen; sie sah plötzlich einen einsamen Mann vor sich, der bereits mit genügend Schwierigkeiten fertigwerden mußte und jetzt noch dem schlimmsten aller Probleme gegenüberstand: Angst vor den klatschsüchtigen Nachbarn, die so oft logen. Sie hatte keine Ahnung, was sie ihm sagen sollte. Es hatte keinen Sinn, wenn sie ihn tröstete, denn sie wußte genauso gut wie er, daß kleine Liebesbeweise zwischen einem Vater, der keine Frau mehr hat, und seiner einzigen Tochter sowohl von den Dummel als auch von den Boshaften, die verletzen wollen, falsch ausgelegt werden können.

Hector McBride hörte den beiden in seinem behaglichen Zimmer, in dessen Kamin ein helles Feuer brannte, wortlos zu; seine kleine, stille, hochschwangere Frau brachte ihnen Tee, um sie zu beruhigen, denn sie wußte, daß Worte nichts nützten. Der Nebel vor dem Fenster verhöhnte sie alle.

»Heute abend wird es schwierig sein, aber wir können rings um das Dorf suchen. Haben Sie sich in der Nähe Ihres Hauses umgesehen?«

»Das hatte nicht viel Sinn«, antwortete Gavin. »Der Nebel war zu dicht. Und wir haben keine Ahnung, in welche Richtung sie gelaufen ist.«

Kinder sind nicht immer ein Trost oder eine Freude für ihre Eltern, dachte Hector, der noch nicht wußte, wie es war, Vater zu sein. Er warf seiner Frau einen Blick zu, aber sie hatte sich in ihre Welt zurückgezogen und ließ sich von dem, was um sie vorging, kaum berühren. Das Kind mußte jeden Tag kommen, und bis jetzt hatte Hectors einzige Sorge darin bestanden, daß die Wehen womöglich heute nacht einsetzen würden und der Nebel es unmöglich machen würde, Hilfe zu holen.

Er wollte sein Kind nicht selbst und ohne ärztliche Hilfe entbinden.

Jetzt blieb ihm nichts anderes übrig, als seine Frau allein zu lassen und die Suche zu organisieren. Vielleicht konnte ja die Nachbarin bei ihr bleiben. Er trat mit Gavin vor die Tür. Der Nebel war dichter denn je.

»Bei diesem Wetter können wir überhaupt nichts unternehmen«, stellte Hector fest. »Wir wissen nicht einmal, wo wir beginnen sollen. Ich werde um Hilfe telefonieren, und am Morgen werden wir die Hunde mitnehmen. Vielleicht finden sie ihre Spur und können ihr folgen, auch wenn der Nebel noch immer so dicht ist.«

»Sie können jetzt nicht nach Hause fahren«, erklärte Morag, als die Männer wieder hereinkamen. »Keiner von Ihnen. Nicht bei diesem Wetter. Bei der Dunkelheit und dem Nebel können Sie zu leicht von der Straße abkommen. Miss McDonald kann in unserem Gästezimmer schlafen, und Mr. McKendrick müßte sich mit dem Sofa zufriedengeben. Hier unten ist es aber warm.«

Es war Gavin gleichgültig, wo er schlief. Er konnte sowieso nicht schlafen. Er würde seinen Gedanken nachhängen, und sein Gewissen würde ihn quälen, wenn er sich vorstellte, wie Kate auf der Heide herumirrte oder wie sie sich, was noch schlimmer war, in der Gewalt eines Wahnsinnigen befand. Er konnte den Gedanken nicht ertragen, daß ihr etwas zugestoßen war.

Er war Hector dankbar; sobald die Frauen zu Bett gegangen waren, zog sich dieser einen Stuhl heran, brachte Gläser und Malzwhisky und schenkte beiden großzügig ein. Dann zündete er seine Pfeife an.

»Das ist Medizin«, erklärte er. »Was tun Sie eigentlich in unserem Dorf, Mr. McKendrick? Machen Sie einen langen Urlaub?«

»Ich filme die Goldadler«, erwiderte Gavin. »Ich wollte nicht, daß es bekannt wird. Ich weiß nicht, ob die Bewohner der Gegend von dem Horst wissen. Ich befürchtete, daß Neugierige kommen und die Adler so sehr beunruhigen würden, daß sie das Junge verlassen.«

»Was werden Sie mit dem Film tun?«

»Den hat eine Fernsehgesellschaft bestellt. Ich habe einige großartige Sequenzen. Eine davon, wie die Jungen ausschlüpfen. Und den jungen Adler, der um Futter bettelt. Und die Eltern, die grüne Zweige mitbringen und sie in das unordentliche Nest stecken.«

»Also es sind zwei Junge geschlüpft. Ziehen die Alten beide auf?«

»Eines ist aus dem Nest gefallen und auf den Felsen gestürzt, bevor es vier Tage alt war«, erklärte Gavin.

Hector nickte.

»Ja, so ist es beinahe immer. Das stärkere Junge stößt das schwächere aus dem Nest, denn es gibt nicht immer genügend Nahrung für beide. Die Natur ist grausam. Als ich noch ein Junge war, habe ich ebenfalls diesen Horst beobachtet. Ich kletterte auf den Hügel oberhalb von ihm und benützte den Feldstecher, den mir mein Großvater lieh. Es war jedes Jahr das gleiche.

Zwei Küken wurden ausgebrütet, aber nur eines aufgezogen. Ich fand die winzigen Körper immer wieder. Ich habe nie erlebt, daß beide am Leben blieben.«

Er sog nachdenklich an seiner Pfeife. Blauer Rauch kräuselte sich um seine Hand und erinnerte Gavin brutal an den Nebel, an Kate, die allein war und fror und vielleicht tot am Fuß der Felsen lag. Wenn er sie doch nicht angeschrien hätte. Wenn er doch die Uhr zurückdrehen und den gestrigen Tag noch einmal erleben könnte.

Der Torf war eine schwarze Höhle, in deren Mitte dunkelrote Glut leuchtete. Das Zimmer war warm, und Gavin war erschöpft. Er merkte plötzlich auch, daß er trotz seiner Sorgen sehr hungrig war. Er hatte seit dem Lunch nichts mehr gegessen, und der lag über zwölf Stunden zurück. Die dahinschleichenden Uhrzeiger standen auf zehn nach eins.

»Wann haben Sie entdeckt, daß Kate fort ist?« fragte Hector. Wenn er an der Schule vorbeikam, war ihm oft das Kind in den merkwürdigen Kleidern aufgefallen. Sie war immer allein und blickte durch das Gitter ins Freie, als wäre sie eine Gefangene. Sheina hatte nicht erwähnt, daß sie zu Kates Haus gefahren war und dort Gavin getroffen hatte.

»Miss McDonald ist zu dem Cottage gefahren und hat dort auf mich gewartet. Wir suchten Kate, aber sie war gar nicht nach Hause gekommen. Daraufhin sind wir direkt zu Ihnen gefahren, aber der Nebel hat uns aufgehalten. Wir haben beinahe zwei Stunden bis hierher gebraucht.«

Die beiden waren kurz vor sieben Uhr eingetroffen.

Die McBrides aßen zeitig, damit Morag früh zu Bett gehen konnte. Der Polizist musterte Gavin. Er hatte bestimmt nichts gegessen, und das galt auch für die Lehrerin, aber vielleicht hatte Morag ihr etwas angeboten und dabei Gavin vergessen.

Hector erhob sich steif; er war hochgewachsen, hatte rötliches, gelocktes Haar und blaue Augen, die oft lachten, aber jetzt den unerwarteten Gast besorgt musterten.

Er verließ das Zimmer, und Gavin sah zu, wie das Torffeuer flackernd herabbrannte. Er blickte nicht auf, als Hector hereinkam, und erschrak, als dieser ein Tablett auf den Tisch stellte. Dicke, großzügig mit Butter bestrichene Brotscheiben, dazu kaltes Fleisch, Essiggurken und Käse.

Eine Kanne mit heißem Kaffee stand ebenfalls auf dem Tisch und daneben mit Butter bestrichene Scones mit Erdbeerjam und eine Schnitte Johannisbeerkuchen.

»Sie werden sich besser fühlen, wenn Sie etwas im Magen haben.« Hector goß den Kaffee in handgemalte braune Tassen. Er häufte Sandwiches auf einen Teller und reichte ihn Gavin.

»Ich kann zu jeder Tages- oder Nachtzeit essen«, erklärte er dann und langte ebenfalls zu.

Als sein Gastgeber zu Bett gegangen war, streckte er sich müde aus und zog die warme karierte Decke bis zum Kinn hinauf. Das Zimmer war warm, aber wenn das Feuer gegen Morgen gänzlich herunterbrannte, würde es kalt werden.

Gavin erblickte in den allmählich erlöschenden

Flammen Bilder. Erinnerungen, die er am liebsten vergessen hätte; sie tauchten in den Feuerzungen auf, verschwanden bald wieder und wurden durch andere ersetzt. Erinnerungen an Kate, als sie noch klein gewesen war. Damals hatte sie ihn für einen unbesiegbaren Helden gehalten, der dem Gewitter befehlen, dem Donner Einhalt gebieten, die Blitze vertreiben und den Regen abstellen konnte, so daß sie wieder im Freien spielen konnte.

Sie hatte sich warm und vertrauensvoll wie ein Kätzchen in seinem Schoß zusammengeringelt. Er und Margaret hatten oft Zukunftspläne für sie geschmiedet.

Die Uhr tickte gleichmäßig, ohne Eile, und die Zeit verging viel zu langsam.

Dann schlief er endlich doch ein.

Als er aufwachte, stand Hector mit einer Tasse Tee neben ihm und bot ihm an, im Badezimmer zu duschen und sich zu rasieren.

»Wir verfügen hier nicht nur über Elektrizität, sondern über alle modernen Annehmlichkeiten«, sagte er. »Sie haben es in Ihrem Cottage inmitten des Heidegebiets nicht so bequem.«

»Wir haben elektrischen Strom, aber er wird von einem Generator geliefert, und besitzen natürlich keine der modernen Erfindungen«, gab Gavin zu. »Das Badezimmer ist etwas primitiv, aber es verfügt wenigstens über fließendes Wasser. Das Haus ist sehr alt.«

Hector trat ans Fenster und schob den Vorhang zurück. »Der Nebel löst sich auf, und die Hunde sind hierher unterwegs.«

»Werden sie ihr folgen können?«

»Donald, der für die Hunde verantwortlich ist, hält es für möglich. Die Spur ist über achtzehn Stunden alt, aber bei Feuchtigkeit hält sich der Geruch länger. Einer der Hunde, er heißt Troy, hat sehr viel Erfahrung. Die Chance, daß wir Erfolg haben, ist ziemlich groß. Wir dürfen die Hoffnung nicht aufgeben.«

Erst, wenn uns nichts anderes übrigbleibt, dachte er, als Gavin ins Badezimmer ging, um zu duschen und sich zu rasieren.

Hectors Frau kam mit einem Tablett herein, auf das sie das Frühstücksgeschirr gestellt hatte. Er nahm es ihr ab.

»Du sollst nicht so schwer tragen.«

Sie lachte ihn aus.

»Das Kind kommt frühestens in einer Woche, und es wird vermutlich Verspätung haben. Wir sind alle drei später als vorgesehen zur Welt gekommen, und meiner Schwester ist es mit ihrem Sohn genauso gegangen. Hör auf, dir Sorgen zu machen.« Sie breitete das geblümte Tischtuch aus und legte Servietten und Besteck zurecht.

Sheina kam die Treppe herunter und ging in die Küche, um Morag zu helfen. Hector lauschte den leisen Stimmen und dem gelegentlichen Gelächter. Wenn Morag wollte, konnte sie jeden zum Lachen bringen.

Nach einer Weile kam Sheina ins Zimmer. »Wir haben Berge von Sandwiches gemacht«, berichtete sie. »Ich muß in die Schule, aber Mr. McKendrick wird Sie doch sicher begleiten und Ihnen bei der Suchaktion helfen? Er braucht eine Beschäftigung. Wer weiß, wie lange die Suche dauern wird.«

Oder wie sie ausgehen wird, dachte sie und erinnerte sich schuldbewußt an das Gelächter in der Küche. Ach, Kate, du kleiner Dummkopf. Warum mußtest du fortlaufen? Sie würde heute mit ihren Gedanken überall, nur nicht beim Unterricht sein.

Gavin konnte es nicht erwarten aufzubrechen, mußte sich aber setzen und erst essen: Speck und Eier, Wurst und Bratkartoffeln. Der Hunger scherte sich nicht um Kummer und Verzweiflung. Aber was aß Kate?

Die Wagen mit den Polizeihunden fuhren vor. Im Vorraum wurden Stimmen laut, und Hector brachte drei große Männer herein, die das Zimmer beinahe ausfüllten und Morag angrinsten. »Ist das Baby noch immer nicht da?« fragte einer von ihnen. »Es ist seit Ewigkeiten unterwegs.«

»Mir kommt es noch länger vor.« Morag bot den Männer heiße Brötchen mit Speck an, während Hector pausenlos Kaffee einschenkte.

Während sie aßen, studierten sie die Landkarte an der Wand und die Wege, die von der Schule wegführten. War sie zuerst nach Hause gelaufen? Oder hatte sie sich von einem Fremden mitnehmen lassen? Oder hatte sie irgendwo zwischen Schule und Haus ein Obdach gefunden? Oder würden sie vor einem zerschmetterten Kind stehen, das die Welt für immer verlassen hatte? Jeder dachte daran, aber keiner sprach es aus. Man hoffte, bis der letzte, entsetzliche Augenblick bewies, daß man sich geirrt hatte.

Die letzten noch vorhandenen Brötchen wurden in die ewig hungrigen Münder gestopft. Diese Männer sind so jung, dachte Gavin plötzlich verzweifelt. Für sie ist es einfach ein Teil ihrer Arbeit. Wie konnten sie wissen, wie ihm zumute war? Er folgte ihnen zu den Wagen; als er sich in den Beifahrersitz des ersten Wagens fallen ließ, hörte er Gebell aus dem hinteren Teil des Autos – die beiden Polizeihunde verteidigten ihr Territorium gegen den Eindringling.

»Ruhe jetzt, Venn und Troy«, befahl der Hundeführer. »Hebt euch eure Kräfte auf. Euch steht Arbeit bevor.«

Sobald der Motor ansprang, verstummten die beiden deutschen Schäferhunde. Gavin drehte sich um und betrachtete sie. Dunkle Köpfe beobachteten ihn mit aufgestellten Ohren, die braunen Augen glänzten in der Dunkelheit des kleinen Abteils. Es waren schöne Tiere. An dem Gitter, das die Hunde einschloß, hingen Geschirre und lange Leinen.

Der Wind vertrieb die letzten Nebelschwaden. Der Himmel war grau, und die Wolken streiften beinahe die Wipfel der Bäume. Gavin starrte zum Fenster hinaus.

In dieser Wildnis würden sie Kate nie finden. Wo sollten sie suchen? Meilenweit nichts als einsame Heide, Schluchten und Wasserrinnen und unterhalb der Felsen das wogende Meer, das sie vielleicht mitgerissen und an einem fernen Strand angeschwemmt hatte. Manchmal verschwanden Kinder für immer.

»Wir finden sie bestimmt, Sir«, erklärte der Mann zuversichtlicher, als ihm zumute war, gab Gas und fuhr zur Schule, die der Ausgangspunkt der Suche war.

Neuntes Kapitel

Der Wind blies die letzten Nebelfetzen weg. Die erschöpfte Kate schlief weiter. Der Kater, der vor Schmerzen völlig kraftlos war, lag ruhig neben ihr und genoß ihre Wärme. Die aufgehende Sonne warf Halbschatten über die kleine Höhle.

Sobald es hell war, machte sich der Suchtrupp auf den Weg. Gavin sah zu, wie die Hunde herausgeholt und angeschirrt werden.

»Brauchen die Tiere kein Kleidungsstück oder etwas Ähnliches von Kate, um ihre Spur aufzunehmen?« fragte Gavin.

Der Hundeführer lachte.

»Gut ausgebildete Hunde müssen imstande sein, eine Spur ohne solche Hilfsmittel zu finden. Mörder und Einbrecher hinterlassen für gewöhnlich keine Visitenkarten. Wir gehen mit den Hunden die Straßen und Wege ab, die Kate benützt haben könnte, und wenn sie irgendwo abgebogen und querfeldein weitergegangen ist, werden sie die Spur sehr bald aufspüren. Wenn es jedoch ein Dutzend einander überlagernder Spuren gibt oder wenn Kate einen vielbegangenen Weg eingeschlagen hat, den inzwischen andere Leute benutzt haben, werden die Hunde nichts finden.«

Gavin blickte zu der Heide und den Hügeln hinüber. Hoch über ihm kreiste träge ein Adler, aber er bemerkte ihn kaum. Er konzentrierte sich ausschließlich auf Kate und betete die ganze Zeit über unbewußt.

Bitte, Gott, gib, daß ihr nichts zugestoßen ist.

Vielleicht hatte sie jemand über Nacht aufgenommen und redete ihr jetzt zu, nach Hause zu gehen. Wohin konnte sie geflüchtet sein?

Die Hunde hatten sich auf dem Schulgelände verteilt und schnüffelten mit gesenkten Köpfen. Sie schienen überhaupt nichts zu tun. Einer der Männer ging bis zum Ende der Straße und dann zu einem kleinen Weg, der zu der Heide führte.

»Das hätte sie zu einer Abkürzung für den Heimweg geführt«, meinte Hector.

»Haben Sie keine Angst, Sir, wir finden sie«, sagte eine Stimme hinter Gavin. Er drehte sich um und erblickte einen Mann in Postuniform, der graue Haare, ein rundes Gesicht und freundliche Augen hatte. »Ich kenne das kleine Mädchen. Wir plaudern oft ein Weilchen, wenn ich die Post bringe. Ihr ist bestimmt nichts geschehen. Sie hat sich einfach im Nebel verirrt und vernünftigerweise irgendwo Zuflucht gesucht. Sie ist ein kluges kleines Ding.«

Es waren noch mehr Männer da. Gavin kannte keinen von ihnen, war ihnen aber dankbar, weil sie bereit waren, ihm zu helfen. Auch einige Frauen in dicken Mänteln und Gummistiefeln hatten sich zu ihnen gesellt, und Hector erteilte Anweisungen.

Bald wimmelte es auf dem Hang von kleinen Gestalten, die in jede Spalte, jede Vertiefung, unter jeden Busch schauten. Gavin, der mitsuchte, war plötzlich davon überzeugt, daß er statt eines lebenden Mädchens eine Leiche finden würde.

»He, Troy hat etwas entdeckt«, sagte unvermittelt einer der Hundeführer.

Der Hund zog heftig an der Leine, und sein Führer lief beinahe hinter ihm her. Die beiden stiegen den Hang hinauf und folgten dabei einer offensichtlich unberechenbaren, im Zickzack verlaufenden Spur.

Durch Heidekraut und Farndickicht hinauf, quer über einen Schafweg, den Bergrücken hinauf zu einer Stelle unterhalb des Adlerhorstes. Die Vögel waren beunruhigt, stiegen auf und kreisten über den Menschen; sie machten sich sichtlich um ihr Nest und um ihr Junges Sorgen.

Gavin beobachtete sie. Es wäre eine gute Sequenz, aber der Film war nicht mehr wichtig. Außer Kate war überhaupt nichts wichtig. Ihm war nie klar gewesen, wie sehr er sie alleingelassen hatte, wie einsam sie sich fühlen mußte.

Sie stiegen seit zwei Stunden bergauf. Die Stimmung in der kleinen Gruppe war ernst geworden, obwohl Hector und ein zweiter Hundeführer davon überzeugt waren, daß Troy eine Spur verfolgte, die sie ans Ziel bringen würde.

Sie kann nicht so weit gelaufen sein, dachte Gavin.

Der Hund zögerte und schlug einen Kreis. Dann ging er in eine Richtung weiter, die beinahe entgegengesetzt zu der bisherigen verlief, wurde sicherer, umkreiste den Hügel und folgte einem anscheinend verrückten Weg durch die Felsen. Zwischen den Steinen bestand der Boden aus Torf, aus dem Blumen wuchsen.

Der Hund erreichte die Höhle und bellte.

Kate wachte auf und sah im Eingang der Höhle einen großen Kopf. Der Kater brachte die Kraft auf aufzuspringen, knurrte, sträubte das Fell, plusterte den Schwanz auf, fauchte dann haßerfüllt, floh an das andere Ende der Höhle und verschwand in einer Spalte, die so eng war, daß Kate ihm nicht folgen konnte.

Kate blieb verängstigt hocken.

»Bist du hier, Kate?« rief eine Stimme, und neben dem Hund erschien der Kopf eines Mannes. »Braver Hund, Troy. Sehr kluger Hund, Troy.«

Eine nasse Zunge leckte ihr über das Gesicht. »Komm jetzt, Liebes. Er tut dir nichts. Dein Vater hat dich gesucht und hat sich deinetwegen große Sorgen gemacht. Ist alles in Ordnung? Hat dir jemand etwas getan?«

Kate schüttelte den Kopf. Sie war steif vor Kälte, fror und hatte großen Hunger. Sie kroch in das Licht hinaus und blieb blinzelnd stehen. Sobald sie sich an die Helligkeit gewöhnt hatte, erkannte sie erschrocken, wie viele Leute herumstanden und sie beobachteten.

»Kate!« Ihr Vater lief auf sie zu und schloß sie in die Arme. »Warum bist du weggelaufen? Ist alles in Ordnung?«

Kate konnte an nichts anderes Denken als an den Kater. Er brauchte Nahrung. Er brauchte Hilfe und war vor den Menschen geflohen. Er würde ihr nie mehr vertrauen. Er würde in der Höhle sterben, außer Reichweite der Menschen, denn niemand konnte in den engen Spalt eindringen, in dem er Zuflucht gesucht hatte.

Sie konnte nicht sprechen. Sie hatte das Gefühl, daß sie zu Stein geworden war. Die Aufregungen der letzten Stunden waren zuviel gewesen, und sie war benommen und erkannte bestürzt, wie viele Menschen sie gesucht hatten und welche Anstrengungen sie ihretwegen auf sich genommen hatten.

Ein Polizist brachte eine Decke, in die er Kate einwickelte. Ihr Gesicht war schmutzig und wies Tränenspuren auf. Sie versuchte zu gehen, aber ihre Beine schienen nicht mehr zu ihr zu gehören. Die Welt war weit entfernt, wurde immer kleiner und undeutlicher.

Ihr Vater fing sie auf, als sie zusammenbrach.

»Bringen Sie sie nach Hause!« sagte eine der Frauen. »Bringen Sie sie zu Bett und sorgen Sie dafür, daß sie es warm hat. Ich schicke ihnen den Arzt. Ins Krankenhaus ist es zu weit.«

Gavin trug seine Tochter den Hang hinunter. Einer der Polizeiwagen hatte auf ihn gewartet. Gavin saß auf dem Rücksitz, hielt Kate in den Armen, betrachtete das kleine, verweinte Gesicht und verfluchte sich, weil er sie vernachlässigt hatte. Er würde es sich nie verzeihen. Würde sie ihm verzeihen?

Sheina erfuhr erst zu Mittag, daß Kate sich in Sicherheit befand. Sie hatte einen freien Nachmittag und hatte vorgehabt, sich dem Suchtrupp anzuschließen. Hector kam vorbei und teilte ihr mit, daß alles in Ordnung war, oder jedenfalls halbwegs in Ordnung. Geistig und gefühlsmäßig stimmte mit dem Kind sehr vieles nicht. Kate war imstande gewesen, selbst zu Bett zu gehen, lag aber jetzt regungslos dort, weigerte sich, mit jemandem zu sprechen, und ihr flossen unentwegt Tränen über das Gesicht.

»Hat sie denn gar nichts gesagt?« fragte Sheina. Hector war nicht ganz bei der Sache. Bei Morag hatten die Wehen eingesetzt, und sie war unterwegs ins Krankenhaus. Und er konnte nicht bei ihr sein.

»Nur etwas, als sie aus der Ohnmacht erwachte, oder was immer es war. Sie sagte: ›Der Kater wird sterben. Wir müssen den Kater retten.‹«

»Einen Kater? Phantasierte sie?«

Hector zuckte die Achseln.

»Soll ich hinüberfahren? Ob sie sich freuen, wenn ich komme? Oder störe ich wohl?« fragte Sheina. Doch sie konnte an diesem Nachmittag ohnehin nichts anderes unternehmen. Sie mußte wissen, was geschehen war, mußte mit Kate sprechen, mußte herausfinden, ob sie ihr helfen konnte.

»Die beiden brauchen eine Frau, die nach dem Rechten sieht«, erklärte Hector. »Das Haus ist verwahrlost. Der Mann ist kaum jemals zu Hause. Kate tut, was sie kann, aber sie ist selbst noch ein Kind, und sie hat keine Mutter, die ihr hilft oder für sie sorgt oder ihr in schwierigen Situationen zur Seite steht.«

Hector dachte an sein Kind, das bald zur Welt kommen würde. Und an Morag, ohne die er nicht leben konnte. Manche Männer hatten wirklich kein Glück.

Während Sheina hinüberfuhr, gingen ihr alle möglichen Gedanken durch den Kopf. War Kate mit dem Kopf gegen etwas geprallt und redete jetzt wirr? Hatte sie sich eingebildet, daß ein Kater bei ihr war, oder hatte sie es geträumt? Was suchte ein Kater auf dem Hügel? Hector hatte erzählt, daß die Suchmannschaft sie in einer kleinen Höhle in der Nähe des Adlerhorstes gefunden hatte. Sie mußte kilometerweit gelaufen sein.

Das Cottage war klein und schief, und das Dach sah aus, als würde es demnächst herunterrutschen. Sheina hatte Gavins Vater nie kennengelernt. Der alte Tierarzt war vor mindestens sechs Jahren gestorben, wenn nicht noch früher, und war vor seinem Tod eine Zeitlang krank gewesen. Seine Frau war zwei Jahre vor ihm gestorben. Der Geschichtslehrer hatte den Tierarzt vor einiger Zeit erwähnt. Einige Schüler der sechsten Klasse arbeiteten an einem Projekt über das Wachstum des Dorfes seit dem Ende des Zweiten Weltkriegs. Bei diesem Projekt standen die ehemaligen Einwohner des Dorfes im Mittelpunkt. Bei einer Umfrage erinnerten sich einige Leute daran, daß sie in ihrer Kindheit ihre Tiere zu Kates Großvater gebracht hatten, und sprachen heute noch von ihm.

Er war eine Persönlichkeit gewesen, war auch nachts bei Wind und Wetter gekommen, wenn man ihn gebracht hatte, war er immer für die Tiere dagewesen und hatte stets sein Möglichstes getan, auch wenn es nur um ein Kaninchen, ein Meerschweinchen oder einen Hamster ging.

Vielleicht war den Kindern nicht klar, daß Kate seine Enkelin war. Vielleicht hätten sie sich ihr gegenüber sonst anders verhalten.

Tief unten funkelte das Wasser blau, hoch oben kreiste ein einsamer Vogel und flog dann zur Hügelspitze. Weiße Schaumkronen auf den Wellen, weiße, schrill schreiende Möwen ließen das Haus und seine Umgebung noch verlassener erscheinen. Wie kann man ein Kind hierherbringen? dachte Sheina. Wenn sie nicht in der Schule ist, sitzt sie ganz allein im Haus und hat niemanden, mit dem sie sprechen kann.

Im Kamin brannte ein Feuer. Das Innere des Hauses war freundlicher und sah besser aus, als sie erwartet hatte, aber die Einrichtung war eigentlich nur für einen Urlaub in der schönen Jahreszeit geeignet; das Haus war offensichtlich nicht als ständiger Wohnsitz gedacht.

Als der alte Mann starb, war die Einrichtung versteigert worden. Dann hatte Bridies Nichte die Möbel abgeholt, die ihre Tante ihr hinterlassen hatte. Es war kaum noch etwas da, das das Haus wohnlich machte, zu einer freundlichen Atmosphäre beitrug. An den Wänden hingen keine Bilder. Kate hatte sich bemüht, es sauber zu halten, und auf dem Fensterbrett standen Waldblumen in einem Marmeladeglas, aber das Haus hatte keine Seele.

Wie konnte der Mann mit einem Kind hier leben? Im Zimmer lagen Bücher, Kleidungsstücke und Papiere herum. Die Vorhänge mußten dringend gewaschen werden. Auf dem Herd war etwas verschüttet worden, und in der Spüle standen schmutzige Teller. Sheina hätte am liebsten sofort mit dem Großreinemachen begonnen.

»Ich wollte sehen, ob ich helfen kann«, sagte sie.

»Ich weiß nicht, was ich tun soll. Sie spricht nicht. Sie hat nur einmal einen Kater erwähnt. Wir hatten nie einen Kater.«

Gavin klang verwirrt. Er war vollkommen hilflos, hatte keine Ahnung, wie er sein Kind trösten konnte. Er macht selbst den Eindruck eines verlassenen Kindes, dachte Sheina, und ärgerte sich im nächsten Augenblick über sich selbst. Er brauchte einen Tritt, kein Mitleid. Er tat sich selbst leid genug. Hatte er nie an seine Tochter oder ihre Gefühle gedacht?

Sie ging hinauf. Kate hatte geweint, bis keine Tränen mehr kamen; jetzt starrte sie zur Decke hinauf. Es war ein winziges Zimmer mit einem schiefen Dach und einem kleinen Fenster, das seit Jahren nicht mehr geputzt worden war. Wenigstens war das Bett in Ordnung; die Laken waren sauber und die Decken warm.

Die Kleider des Kindes hingen an einer Schiene, die offenbar einen Schrank ersetzte. Unter den Kleidungsstücken befand sich nichts Ordentliches. Gavin hatte nicht viel in das Haus investiert, das er vermieten wollte, aber er hatte auch nicht viel Geld gehabt.

»Kate? Was für ein Kater?«

Kate starrte sie an.

»Er lebt auf dem Hügel. Er ist schön. Mein wilder Tiger. Jemand hat ihn angeschossen; seine Schulter eitert. Der Hund hat ihm Angst eingejagt. Ich habe ihn in den Armen gehalten. Ich wollte ihn nach Hause mitnehmen und ihn gesundpflegen. Aber er ist in eine schmale Spalte geflüchtet, und ich kann ihn nicht erreichen; niemand kann ihn erreichen. Er wird dort sterben, und ich kann ihm nicht helfen.«

»Ein Wildkater?« Sie hatte gehört, daß jemand eine Wildkatze gesehen hatte. Wahrscheinlich hatte Donald McLeod auf ihn geschossen. Donald haßte Katzen, und Wildkatzen haßte er noch mehr. Er hatte Angst um seine Waldhühner. Es ging auch um die Birkhähne, die noch selten waren und erst wieder angesiedelt werden mußten. Der Kater stellte eine Bedrohung für die Küken dar.

Kate nickte.

»Er ließ sich von mir füttern. Ich wollte ihn zähmen. Ihn dazu bringen, daß er bei mir bleibt.«

Es war Freitag abend, und das Wochenende lag vor ihnen. Sheina hatte nichts Besonderes vor. Ihre eigenen Angelegenheiten konnten warten. Der Schatten der Nacht breitete sich langsam aus. Es hatte keinen Sinn, das Tier jetzt zu suchen, aber vielleicht morgen früh.

»Morgen«, sagte Sheina. »Du kannst mir zeigen, wo er sich versteckt; wir nehmen Futter mit. Ich werde den Tierarzt um einen Käfig für ihn bitten, eine Käfigfalle, die ihn nicht verletzt. In den Käfig legen wir Futter. Wenn er hineingeht, fällt die Tür zu, und dann befindet er sich in sicherem Gewahrsam. Dann können wir ihn zum Tierarzt bringen, damit er sich die Wunde ansieht. Wir können ihn an einem geschützten Platz im Schuppen unterbringen oder einen Käfig für ihn zimmern. Er ist wild, Kate. Ich glaube nicht, daß er sich jemals an uns gewöhnen wird, aber wir können ihn vielleicht heilen und dann freilassen. Vielleicht kommt er gelegentlich zu dir, um sich Futter zu holen, aber ich denke, er wird nie bei Menschen bleiben.«

»Ich will nur, daß er wieder gesund wird.« Kate flossen die Tränen über die Wangen; sie weinte lautlos, hoffnungslos. Sheina setzte sich auf den Bettrand, schloß den zarten Körper in die Arme, drückte ihn eng an sich, und die unterschiedlichsten Gefühle überkamen sie. Vielleicht die Mutterschaft, die sie nie erlebt hatte, Zorn auf den Mann, der diesem kleinen Leben so gleichgültig gegenüberstand, daß er fähig war, sie Tag um Tag alleinzulassen und seinen Angelegenheiten nachzugehen.

Er hätte sie sicherlich mitnehmen können.

Das Schluchzen verstummte. Sheina blickte hinunter und sah, daß Kate eingeschlafen war. Sie deckte sie zu. Der Kissenüberzug mußte gewechselt werden. Sheina suchte in einem Wäscheschrank im Badezimmer, fand einen sauberen Überzug und legte ihn zurecht, damit sie ihn zur Hand hatte, wenn Kate aufwachte. Das Kind machte doch nicht etwa die gesamte Hausarbeit allein?

Gavin stand vor dem Kamin und las in dem Tagebuch seiner Tochter. Er hatte es nicht vorgehabt, aber es hatte aufgeschlagen auf der abgenützten Couch gelegen, und er hatte es gedankenlos aufgehoben, weil er es für ein Schulbuch hielt.

»Sie hat die Adler beobachtet«, sagte er. »Ich hatte keine Ahnung, daß sie von ihnen wußte. Sie hat sich Notizen gemacht: ›Die emporsteigenden Vögel schreien, schauerliche Schreie, die aus den Schluchten widerhallen. Sie lassen sich fallen, und aus dem Heidekraut ertönt ein Todesschrei, als ein kleines Geschöpf zugrunde geht, damit das hungrige Junge des Vogels am Leben bleibt. Auf dem Hügel liegt ein totes Küken. Wahrscheinlich hat das zuerst geschlüpfte Junge das zweite aus dem Nest gestoßen. Die Natur ist sehr grausam.‹ Ich wußte nicht, daß sie den Jungvogel gefunden hat. Ich habe ihn gesucht, jedoch erfolglos. Er wurde zwischen dem vierten und dem fünften Tag nach dem Schlüpfen aus dem Nest gestoßen.«

Er seufzte.

»Die beiden Adler ziehen fast nie zwei Junge auf. Kate hat recht, das Leben ist grausam.«

»Kate hat nicht Leben, sondern Natur gesagt.« Sheina sah sich um; ob es im Haus überhaupt Lebensmittel gab? »Sie hätten sie mitnehmen können, statt sie alleinzulassen. Mit wem redete sie denn, wenn Sie nicht da waren? Mit wem spielte sie? Wer kam je zu ihr? Was fing sie mit ihrer Zeit an, während Sie oben auf dem Felsen saßen?«

»Ich habe gefilmt«, verteidigte sich Gavin. »Wir müssen schließlich leben.«

»Sie hätte Ihnen helfen, daran teilhaben können. Nicht sich selbst überlassen sein. Ihr einziger Freund ist ein verletzter Wildkater. Wir werden morgen früh versuchen, ihn zu finden. Ihn zu heilen. Das ist das einzige, das ihr helfen wird.«

»Ihre Mutter hätte gewußt, was man tun muß. Ich weiß es nicht. Ich verstehe überhaupt nichts von Kindern ... sie sind mir ein Rätsel. Kate ist mir ein

Rätsel. Sie spricht nicht mit mir; ich weiß nicht, was sie möchte oder was sie denkt.« In seiner Stimme lag Verzweiflung.

»Haben denn Sie mit ihr gesprochen? Sie will nichts anderes als alle Kinder. Lachen und Gesellschaft. Etwas oder jemanden, den man liebt. Außerdem könnte sie ein paar hübsche Kleider brauchen. Von den Sachen, die sie hat, paßt ihr überhaupt nichts, und die anderen Kinder verspotten sie deshalb und lachen sie aus. Haben Sie jemals darüber nachgedacht, was für ein Leben sie hier führt?«

Sie bedauerte ihre Worte, sobald sie sie ausgesprochen hatte. Ihr war nicht klargewesen, daß die aufgestauten Gefühle der letzten zwei Monate so bitter waren. Sie hätte nie geglaubt, daß sich auf einem Gesicht solche Bestürzung spiegeln kann. Ihr Zorn verflog und zurück blieb nur hilfloses Mitleid, das für sie etwas Neues war.

Gavin starrte sie an, als hätte sie ihn geschlagen.

»Ich werde hier ein bißchen Ordnung machen. Sie sind erschöpft. Dann werde ich uns etwas zu essen machen. Haben Sie heute überhaupt schon gegessen?«

Er schüttelte den Kopf.

Sheina begann mit der kleinen Küche, forschte, fand Koteletts, Kartoffeln und im kleinen Tiefkühlschrank auf dem Kühlschrank eingefrorene Erbsen. Auch eine Waschmaschine war vorhanden. Draußen summte der Generator unaufhörlich, nervenzermürbend; die Glühbirnen flackerten, wurden manchmal beinahe dunkel und flammten dann wieder kurz auf.

»Sie können nicht alles auf einmal einschalten«, erklärte Gavin.

Der Herd wurde mit Butangas betrieben. Sie zündete die Brenner an und setzte die Kartoffeln auf. Sie reinigte die Spüle und schrubbte das Ablaufbrett und den Tisch. Sie war gern im Haushalt tätig und hätte das Haus am liebsten sofort mit Farbe, mit Bildern an den Wänden, mit ein paar hübschen persönlichen Gegenständen auf der Anrichte und dem Kaminsims wohnlicher gestaltet, oder mit Bücherregalen.

»Ich möchte mit Kate auf die Suche nach dem Kater gehen, ihn zum Tierarzt bringen und behandeln lassen. Und dann möchte ich ihr etwas Ordentliches zum Anziehen kaufen. Darf ich?« fragte Sheina, nachdem sie aufgetragen hatte und sie zu essen begannen. »Das würde heißen, daß wir in die Stadt fahren müssen. Wollten Sie morgen etwas mit ihr unternehmen?«

»Nein.«

»Möchten Sie mitkommen?«

Er schüttelte den Kopf. Er hatte sie nervös beobachtet, während sie putzte und Ordnung machte, und hatte sein Haus plötzlich mit ihren Augen gesehen. Ein provisorisches Zuhause, ein Urlaubsquartier, kein ständiger Wohnsitz. Etwas, in dem man sich kurz aufhielt. und dann heimfuhr. Die Unordnung. Er hatte vorgehabt, Bücherregale und Möbel zu kaufen, in denen man den herumliegenden Kram unterbringen konnte, aber die Tage waren vergangen, und er hatte nie Zeit dafür gehabt.

»Was werden Sie tun, wenn der Film fertig ist?«

»So weit habe ich noch nicht gedacht. Ich habe unser

altes Haus verkauft und die Einrichtung eingelagert. Sie hätte hier nie Platz. Ich bin nur hierhergekommen, um die Adler zu filmen. Ich weiß nicht, wo ich leben möchte. Nicht hier. Es ist zu abgelegen. Ich weiß nicht, wie es mit meiner Arbeit weitergehen soll. Wenn ich Aufträge aus dem Ausland bekomme – und nur die lohnen sich –, habe ich niemanden, der sich um Kate kümmert.«

Sheina zögerte. Sie wollte in nichts hineingezogen werden, aber die Vorstellung, daß das Kind hier allein war, daß der Mann nicht den Wunsch hatte, irgendwo Wurzeln zu schlagen, war stärker als ihre Vorsätze.

»Das Haus kann einen Wohnsitz abgeben, zu dem Sie immer wieder zurückkommen, auch wenn Sie nicht immer hier leben. Es braucht vernünftige Möbel und ein paar Kleinigkeiten für Kate, so daß es zu einem Heim und nicht nur zu einer Unterkunft wird. Wenn Sie hier leben und arbeiten müssen, könnten Sie das Kind zu mir bringen. Das wäre wesentlich vernünftiger.«

Sie zögerte wieder, weil Gavin vielleicht fand, daß sie sich in etwas einmischte, das sie nichts anging.

»Wollen Sie das Haus also als Wohnsitz behalten? Oder verkaufen Sie es, wenn der Film fertig ist?« Es war vielleicht nicht gut, wenn sie ihn drängte, aber sie mußte es wissen, schon um ihres Seelenfriedens willen. Sie konnte die Vorstellung nicht ertragen, daß die heranwachsende Kate in den nächsten Jahren ständig unterwegs sein sollte.

»Ich weiß es nicht. Ich bin hier aufgewachsen. Ich war früher einmal glücklich hier. Ich wollte alte Freunde wiedersehen, habe es aber nicht fertiggebracht, auch nur einen zu besuchen ... Ich habe keinen einzigen Entschluß fassen können. Anscheinend ist es unwichtig, wo wir leben.«

»Sie sollten Kate nicht wieder entwurzeln. Ein Kind, das von Schule zu Schule wandert und nirgends lange bleibt, kann nie Wurzeln schlagen oder Freunde finden. Es hat keine Gelegenheit dazu. Behalten Sie das Haus, und wenn Sie fort sind, kann Kate bei mir wohnen. Ich habe jede Menge Platz, und sie würde mich nicht stören. Im Gegenteil, ich hätte endlich Gesellschaft«, fügte sie hinzu, damit Gavin eher bereit war, sich damit einverstanden zu erklären.

Es war eine Lösung, und er klammerte sich an alles, das ihm helfen konnte, die letzten Monate wiedergutzumachen. Sheina hatte das Gefühl, daß sie zwei verirrte Tiere auf dem Hügel gefunden hatte – so wie Kate den Wildkater entdeckt hatte. Sie ließ sich in etwas hineinziehen, obwohl sie sich gelobt hatte, es nie wieder zu tun.

Aber wozu lebte man, wenn man immer nur Zuschauer blieb und niemanden an sich heranließ?

Sie verbrachte den Abend damit, zu putzen und Ordnung zu machen. Sie stapelte die Bücher ordentlich auf, faltete Kleidungsstücke zusammen und legte sie weg und bereitete alles, was gewaschen werden mußte, für den nächsten Tag für die Waschmaschine vor.

Bevor sie ging, sah sie zu Kate hinein. Das Kind schlief, doch ihr Gesicht war umschattet, als träume sie schlecht.

Draußen glitt der Mond durch die Wolken, ein schmaler Mond, ein zunehmender Mond, und sie gab einem Impuls nach und wünschte sich etwas. Sie wußte nicht, ob sich der Wunsch an fremde Götter richtete oder ein Stoßgebet an einen Gott war, der sich irgendwo in dem unvorstellbaren Mysterium befand, das dieses Universum hervorgebracht hatte.

»Laß den Kater leben, laß mich den beiden helfen! Schenk Kate ein besseres Leben, eine Zukunft, in der sie froh sein kann! Hilf mir, ihnen die richtige Hilfe zu geben!«

Eine Wolke trieb über die Mondsichel. War es eine Antwort oder eine Ablehnung? Gavin bedankte sich unbeholfen bei ihr; er war es nicht gewohnt, sich außer mit seiner Frau mit anderen weiblichen Wesen über private Dinge zu unterhalten. Sie deutete seine Schüchternheit richtig und lächelte ihn an.

»Werden Sie meinen Vorschlag wenigstens überdenken? Es wäre für Kate viel angenehmer. Wenn Sie abends oder in den hellen Nächten filmen, können Sie sie zur Schlafenszeit abholen. Und ich könnte andere Kinder einladen, damit sie sie kennenlernen. Es würde ihnen helfen, Kate zu akzeptieren.«

»Das ist sehr viel verlangt. Ich möchte Ihnen nicht zur Last fallen.«

»Auch ich führe ein einsames Leben. Sie würden mir einen Gefallen erweisen«, meinte Sheina.

Das stimmte tatsächlich. Kate würde Leben in ihr Dasein bringen. Sie mochte das Kind, konnte es lieben, konnte vielleicht den Mann lieben ...

Sie machte sich lächerlich.

»Danke. Können wir morgen darüber sprechen? Ich möchte nachdenken. Der junge Adler lernt zwölf Wochen, nachdem er geschlüpft ist, fliegen; ich muß Zukunftspläne machen. Vielleicht könnte ich das Leben auf der Insel filmen oder hier auch noch andere Themen finden. Eine Weile selbst hierbleiben und nicht ständig auf Reisen sein.«

Er ist erschöpft, dachte Sheina, braucht eine Zeitlang Ruhe, um zu genesen und um dadurch zu Kates Genesung beizutragen.

»Das würde Kate bestimmt freuen. Bis morgen«, antwortete sie.

Er blieb neben ihrem Wagen stehen, als sie einstieg und die Scheinwerfer einschaltete, die die Straße vor ihr in Licht tauchten.

»Ich habe Sie aufgehalten«, sagte er, um Entschuldigung bittend.

»Kein Problem. Daran bin ich gewöhnt. Bis morgen. Ich werde früh heraufkommen. Sorgen Sie dafür, daß Kate ein kräftiges Frühstück zu sich nimmt.«

Ich kann nicht anders, ich muß herumkommandieren, dachte sie spöttisch, als sie einkuppelte.

Er stand im Lichtschein der Tür und sah dem Auto nach. Sie wußte, daß er sie beobachtete, und hätte gern gewußt, was er davon hielt, daß sie sein Haus ungebeten betreten und sich in seine Angelegenheiten eingemischt hatte.

»Misch dich niemals ein. Niemand möchte es, und niemand mag es.« Sie hörte die Stimme ihrer Mutter, die diese Worte sprach. Ihre Mutter hatte sich nie eingemischt. Was war klüger? Niemals jemandem, der sich in einer verzweifelten Lage befand, die Hand zur Hilfe zu reichen, oder es doch zu tun und zu merken, daß die Hilfe vergeblich war, daß der andere sie nicht gewollt und nur akzeptiert hatte, weil er nicht wußte, wie er sie ablehnen sollte?

»Ich muß es versuchen«, erklärte sie dem Mond, während sie ihr Auto versperrte. Jenseits ihres Cottages schimmerte ein schwaches Licht auf dem Hügel. Irgendwo dort draußen befand sich Kates Kater. Sie würden ihn suchen und finden. Sie hatte seit Monaten zum ersten Mal wieder das Gefühl, daß ihr Leben einen Sinn hatte.

Als sie ins Haus ging, war sie von Hochstimmung erfüllt.

Zehntes Kapitel

Der Kater rührte sich erst lange, nachdem der Lärm aufgehört hatte, wieder. Gerüche hatten ihn überwältigt. Schreckliche Gerüche von Menschen und Hunden. Laute Stimmen und Lärm von Geschöpfen, die er nicht sah, sowie der alles übertönende Geruch, der ihm Angst machte, ihn durch den engen Spalt jagte, in dem er sich zusammenkauerte. Sein Herz hämmerte, seine Ohren bewegten sich unablässig, bis auf dem Hügel wieder Stille eingekehrt war.

Der Schmerz war jetzt ein Teil seines Lebens. Er wußte nicht mehr, wie es gewesen war, als es das Pochen in seiner Schulter noch nicht gab. Er versuchte, sie abzulecken, aber er konnte die Verletzung nicht zum Heilen bringen, und seine Zunge erneuerte nur den Schmerz.

Er hatte sich in eine winzige Höhle am Ende des Spalts geflüchtet, in der er gerade genügend Platz hatte, um sich hinzulegen oder sich umzudrehen, aber er konnte weder stehen noch sich strecken. Der Felsen drückte auf seinen Rücken. Das schwache Licht verschwand, und es blieb vollkommen finster, bis ein Mondstrahl in die Höhle fiel.

Er befand sich auf der Straße zum Tod, aber es war eine lange Straße, ein langsamer Tod, und sein Körper sehnte sich noch immer nach dem Leben. Nach Nahrung. Der Hunger beherrschte ihn, genau wie der Durst. Trotzdem war der Tod schon sehr nahe, und der Kater würde innerhalb von zwei Tagen aufhören, sich zu wehren. Er war einfach zu schwach, um Nahrung zu finden.

Er mußte sich bewegen, jagen, doch als er versuchte, durch den Spalt hinauszukriechen, kam aus der Dunkelheit ein Geräusch. Er wußte nicht, was dort herumschlich, bis er den scharfen Moschusgeruch des Fuchses wahrnahm und ihn schnüffeln hörte. Der Fuchs hatte im Vorüberstreifen Blut gerochen.

Doch er war satt, denn er hatte gerade einen jungen Hasen gefressen, der unvorsichtigerweise im Farnkraut lag und nicht so schnell aufspringen konnte, daß er den zuschnappenden Zähnen entging.

Er blieb mit erhobener Pfote stehen, überlegte und lief dann weiter. Der Kater, der wußte, daß er für einen Kampf zu schwach war, duckte sich, döste, erwachte, döste wieder, und seine Lebenskraft schwand immer mehr; doch noch war er nicht bereit aufzugeben.

Kate kam früh herunter; sie konnte es nicht erwarten, aufzubrechen und den Kater zu holen. Sie sah wie ein verwahrlostes Kind aus – große, violett umrandete

Augen, denen man die Erschöpfung anmerkte. Sie war ihrem Vater gegenüber noch immer zurückhaltend, weil sie befürchtete, daß er ihr Vorwürfe machen würde. Sie hatte den Dorfbewohnern sehr viel Arbeit und Mühe gemacht und sie Zeit gekostet, und jetzt hatte sie nicht nur um den Kater Angst, sondern auch ein schlechtes Gewissen. Wenn sie nur nach Hause zurückkehren, die Zeit zurückdrehen könnte, so daß ihre Mutter noch lebte. Ihre Mutter hätte sie verstanden. Aber wenn ihre Mutter noch am Leben wäre, so wäre all das nicht geschehen.

Gavin beobachtete seine Tochter hilflos und unsicher. Er hatte endlich aufgehört, nur an sich, seinen eigenen Kummer und seine eigenen Probleme zu denken.

Jetzt konnte er nur noch an Kate und an die vielen Tage denken, an denen er sie alleingelassen hatte. Er sah das Haus mit Sheinas Augen; für zwei Wochen, in denen man angelte oder auf die Jagd ging, reichte es, aber es war weit davon entfernt, ein Zuhause zu sein.

Er hätte das Kind ins Vertrauen ziehen, es in sein Versteck mitnehmen können, aber er wollte sein Elend hätscheln, und ihr Geplapper hätte ihn dabei gestört. Er hatte sie immer nur als kleines Kind gesehen, und dabei war sie so erwachsen geworden. Er wollte mit ihr sprechen, sie in die Arme schließen, ihr zeigen, wie leid es ihm tat, ihr sagen, daß er sie verzweifelt liebte, aber er wußte nicht, wie er es anfangen sollte.

Er konnte sie nur hilflos beobachten und dafür büßen, daß er sie vernachlässigt hatte; seit dem Augenblick, als er erfahren hatte, daß Kate aus der

Schule weggelaufen war, plagte ihn das Schuldbewußtsein.

Kate brachte keinen Bissen hinunter. Sie stocherte in ihrem Essen, und Gavin versuchte, ihre Gedanken zu erraten. Sie konnte ihm nicht sagen, daß sie befürchtete, der Kater könnte sterben. Sie konnte es nicht ertragen, wenn der Kater starb. Er hatte den leeren Raum in ihrem Herzen eingenommen, den der Tod ihrer Mutter hinterlassen hatte.

Er war ein Teil ihres Lebens geworden. Sie sah ihn gesund vor sich, und seine großen Augen waren auf sie gerichtet. Sie sah, wie er in der Höhle kauerte; spürte seinen Körper an dem ihren, hörte, wie er schnurrte, als sie aufwachte und ihn neben sich entdeckte.

Die Zeit, in der sie nicht gewußt hatte, wo sie sich befand, war lang und einsam gewesen, und der Kater war ihr einziger Trost gewesen. Als man sie schließlich fand, hatte sie jeder bemuttern wollen, und das brachte sie durcheinander. Die Polizisten, sogar der Postbote, die Frauen aus dem Dorf, die an der Suche teilgenommen hatten, die Männer, die erleichtert waren, weil sie jetzt in Sicherheit war.

Sie war es nicht gewohnt, daß man ihr soviel Aufmerksamkeit schenkte. Sie hatte ihre Tage einsam verbracht; die Stunden in der Schule waren etwas gewesen, das sie ertragen mußte, und Sheina war nur ihre Lehrerin gewesen. Sie war freundlicher als die anderen Lehrer, aber sie spielte in Kates Leben keine große Rolle. Zugegeben, Sheina stand ihr näher als die meisten Leute im Ort, aber Kate war unabhängig geworden, ein einsames Kind, das sich von der Welt im Stich gelassen fühlte.

Bis auf den Wildkater. Er hatte sie bei sich haben wollen, hatte sie gebraucht, und sie wünschte sich sehnlichst, daß er sein restliches Leben bei ihr verbrachte.

Auch Sheina hatte sich nachts Sorgen gemacht. Sie hatte nicht vorgehabt, sich hineinziehen zu lassen. Sie wußte nicht einmal genau, ob sie den Mann mochte, aber das überwältigende Mitleid, das sie für das Kind empfand, war das gleiche Mitleid, das sie vor langer Zeit dazu gebracht hatte, einem verirrten Hund zu helfen, für vernachlässigte Tiere zu arbeiten, ihre Zeit Kindern zu opfern, die die anderen als hoffnungslose Fälle abgetan hatten.

Seit sie an diese Schule gekommen war, hatte sie nichts dergleichen mehr getan. Sie hatte sich geschworen, sich nie wieder in etwas einzumischen. Sich nie wieder Schmerzen zufügen zu lassen. Das Leben war einfacher, wenn man Zuschauer war, immer nur beobachtete und sich nie beteiligte.

Jetzt hatte sie sich wieder engagiert, und noch dazu für zwei Außenseiter. Der Mann schien emotionell gelähmt zu sein, und seine Haltung hatte das Kind beeinflußt. Sie war genauso mißtrauisch wie der Wildkater, genauso rasch bereit davonzulaufen. Sheina warf sich im Halbschlaf ruhelos im Bett herum und stellte schließlich fest, daß für sie das Kind und der Kater beinahe eine Einheit darstellten.

Vielleicht hatte Kate den Kater ins Herz geschlossen, weil sie einander so ähnlich waren. Zwei Einzelgänger, die ihr Leben so geordnet hatten, daß andere Menschen sie bestenfalls kurz berührten. Kate wanderte an den Wochenenden und abends, wenn es lang hell blieb, allein in den Hügeln herum; der Kater war immer allein, ein Sinnbild von Kraft und Unabhängigkeit, für das Leben in der Wildnis geschaffen.

Sie war erst lange nach Mitternacht eingeschlafen und hatte geträumt, daß sie einen riesigen Käfig besaß und versuchte, Kate hineinzulocken. Das Kind beobachtete sie mißtrauisch und duckte sich, und als Sheina auf sie zuging, fauchte und zischte sie, verwandelte sich in eine Wildkatze und sprang sie an.

Sheina erwachte schweißgebadet und war froh, daß die Sonne am Himmel stand und der Tag beginnen konnte. Während sie über die lange, schmale Straße, die sich durch die einsame Heide wand, zum Cottage fuhr, entwarf sie einen Schlachtplan. Kurz sah sie den Adler am Himmel. Kate stand bereits am Tor, als sie am Cottage ankam, und konnte es nicht erwarten, auf die Suche nach dem Wildkater zu gehen.

»Wir beginnen mit dem Tierarzt«, erklärte Sheina. »Ruaraidh McVeigh ist ein Freund von mir. Er hat sich von einem anderen Freund, der Wildtiere für Zoos fängt, einen Käfig geliehen. Wenn wir den Kater gefunden haben, bringen wir ihn zu ihm. Okay?«

Kate nickte.

»Geh zu meinem Wagen hinaus. Ich möchte noch kurz mit deinem Vater sprechen.«

Gavin sah aus, als wäre er auf eine Auseinandersetzung gefaßt, aber Sheina wollte nur eines wissen.

»Wann hat Kate Geburtstag?«

Er starrte sie an.

»Vergangenen Monat. Ich habe ihn vergessen.«

»Sie wissen es wenigstens. Kann ich sie mitnehmen, ihr ordentliche Kleider und vielleicht auch etwas kaufen, womit sie ihr Schlafzimmer verschönern kann? Etwas, wodurch der Raum zu ihrem Zimmer wird? Im Haus gibt es nichts, was die Zimmer gemütlicher machen könnte. Haben Sie alles eingelagert?«

»Ja. Ich wollte es später versteigern lassen. Ich wollte vergessen«, antwortete Gavin.

»Durfte Kate nichts von den Dingen behalten?«

»Sie hat ihre Bücher. Für ihre alten Spielsachen ist sie zu groß.«

»Ich habe meinen Teddybären noch immer«, stellte Sheina fest. »Und Kleinigkeiten, die man mir geschenkt hat. Meine Erinnerungen.«

Als sie seinen Gesichtsausdruck sah, tat es ihr leid, daß sie etwas gesagt hatte.

Sie sah zu, wie er zum Tisch ging – wie ein alter Mann. Ein erschöpfter alter Mann, der unfähig war, mit der jetzigen Situation fertig zu werden. Der Tod seiner Frau lag erst achtzehn Monate zurück, er hatte seinen Kummer noch nicht vergessen, noch nicht verarbeitet.

Gavin schrieb einen Scheck aus, ließ den Betrag offen und reichte ihn ihr.

»Sie können vierhundert Pfund ausgeben«, erklärte er. »Sie braucht so viele Dinge. Genügt das? Können Sie alles in einem Geschäft bekommen?«

»Ich kann den Scheck einlösen, und wir kaufen dann dort ein, wo Kate möchte. Ich behalte sie bis zum

Abendessen bei mir. Kommen Sie doch später zu mir, und wir können zu dritt essen. Dann können Sie mit ihr nach Hause fahren.«

Er hatte wie im Nebel gearbeitet und die Welt um sich herum nur halb wahrgenommen. Er kam sich wie ein Mensch vor, der aus einem künstlichen Tiefschlaf aufwacht, und das Erwachen war schmerzlich.

Er nickte dankbar und suchte vergeblich nach Worten, um ihr zu sagen, wieviel ihm ihre Hilfe bedeutete, aber es war ihm nie leicht gefallen, seinen Gefühlen Ausdruck zu verleihen. In glücklichen Zeiten hatte er seinen Gesprächspartner geneckt oder spöttische Bemerkungen gemacht und gehofft, daß der andere wußte, wie es gemeint war, daß er es für unmännlich hielt, Gefühle zu zeigen.

Er sah zu, wie Sheina hinter das Lenkrad glitt, sah zu, wie sie mit seiner Tochter sprach und Kates kleines Gesicht plötzlich begeistert aufleuchtete. Ein Tag in der Stadt, neue Kleider, der Kater würde gerettet werden und der Tierarzt würde ihn heilen.

Die Fahrt zum Haus des Tierarztes schien kein Ende zu nehmen, aber endlich kamen sie doch an. Der Käfig stand bereit.

»Durchtränke ihn mit deinem Geruch«, sagte Ruaraidh. »Leg alte Sachen von dir in den Käfig. Leg deine Kleider auf den Käfig. Reib deine Hände innen und außen am Gitter. Der Kater scheint dir zu vertrauen. Anderen Menschen wird er nicht vertrauen. Er ist entsetzt vor ihnen geflüchtet. Leg das abgehäutete Kaninchen hinein und laß den Käfig in der Nähe der Höhle. Ich kenne den Spalt; er reicht nur bis zu einer winzigen Höhle, in der er sich gerade noch umdrehen kann. Ich habe als Kind dort gespielt. Meine Taschenlampe beleuchtete den Spalt sehr oft, weil ich sehen wollte, ob er irgendwohin führt. Tut er nicht. Der Käfig ist größer als der Spalt, und der Kater muß irgendwann herauskommen.«

Oder dort sterben, dachte er; wie es wohl inzwischen der eitrigen Schulter ging? Womöglich war Wundbrand dazugekommen.

»Vielleicht wird es uns nicht möglich sein, ihm zu helfen, Kate.« Die Worte sollten eine Warnung sein, sollten ihre allzu großen Hoffnungen dämpfen, damit die Enttäuschung später nicht zu groß war, doch Kate glaubte fest an ein Wunder. Er wußte, daß sie ihm nicht glaubte, und sah ihr durch das Fenster nach, als sie zum Auto lief und den Käfig an sich drückte, als wäre er ein Talisman.

Es war ein merkwürdiger Tag. Ein Neubeginn für Vater und Tochter. Kate hatte beim Frühstück unbeholfen Konversation gemacht, und Gavin hatte versucht, das Vertrauen wiederherzustellen, das einmal zwischen ihnen geherrscht hatte. Er dachte noch daran, als er in den Landrover stieg, um die Adler wieder zu filmen.

Kate hatte auf ihrem Schoß eine Schüssel stehen, in der die abgehäuteten Stücke Kaninchenfleisch lagen, und hielt sie krampfhaft fest. Sie hatte die Sachen mit, die sie am vorhergehenden Tag getragen hatte; er kannte jetzt ihren Geruch.

Auf dem Hügel rührte sich nichts. Die Sonne schien ungewöhnlich heiß auf das Heidekraut, das noch einen Tag zuvor vor Nässe getrieft hatte. Das Meer leuchtete blau und spiegelte den wolkenlosen Himmel wider.

Kate konnte sich nicht konzentrieren. Sie war von Vorfreude erfüllt, wenn sie an die neuen Kleider und einen Tag in der Stadt dachte, aber die nagende Sorge ließ sich nicht verdrängen. Lebte der Kater noch? Würde er zum Käfig kommen? Oder war er so schwach, daß er nicht mehr durch den Spalt zurückkriechen konnte? Würde der Tierarzt imstande sein, ihn zu heilen? Sie erinnerte sich an die Wunde und erschauerte. Sie war bestimmt schlimmer geworden. Eiternde Verletzungen heilten nie von selbst. Und wenn er eine Blutvergiftung bekam?

Sie konnte mit Sheina nicht darüber sprechen. Irgendwie klang es dumm, wenn sie es laut sagte.

Kate legte die Kleidung in die Höhle. Sie stellte den Käfig vor den Spalt; die Kaninchenstücke lagen auf dem Holzboden. Die Falltür würde hinunterfallen, sobald sich der Kater im Käfig befand. Sie verkeilten den Käfig mit zwei großen Steinen, so daß er unbeweglich festsaß.

»Er ist vielleicht gar nicht mehr in dem Spalt«, sagte Sheina. »Er könnte ihn im Lauf der Nacht verlassen haben. Mach dir nicht zu große Hoffnungen, Kate.«

Doch Kate hatte einen neuen Grund zur Sorge, auch wenn der Kater da war. »Wie kann ihn der Tierarzt berühren, wenn er solche Angst hat?«

»Mit einem Betäubungspfeil. Dieser Teil ist einfach, Kate. Schwierig wird es nachher. Du weißt, daß er ein

Wildtier ist und keinen Grund hat, irgendwem zu vertrauen. Wir müssen ihm einen Käfig bauen, in dem er bleiben kann, während die Wunde heilt. Und sobald es ihm gutgeht, muß man ihn freilassen, damit er zu dem Leben zurückkehren kann, das er kennt. Er wird sich nie in einem Haus heimisch fühlen, das von Menschen bewohnt wird.«

Kates Traum von einem Kater, der auf ihrem Bett lag, einem Kater, mit dem sie schmusen und den sie lieben konnte, löste sich in einem Seufzer auf. Sie wußte, daß Sheina recht hatte. Aber vielleicht würde sich der Kater an sie gewöhnen. Vielleicht irrten sich alle. Er war zu ihr gekommen; er würde bei ihr bleiben. Gott würde nicht zulassen, daß er starb.

Aber Gott hatte zugelassen, daß ihre Mutter gestorben war.

Sheina hätte gern gewußt, was das Kind dachte. Ihr Gesicht hatte sich wieder verdüstert.

»Wir gehen jetzt. Wir kommen dann später zurück und holen ihn – wenn er hier ist. Leg deine Kleider dicht hinter den Käfig. Er erinnert sich vielleicht an deinen Geruch. Er hat einmal an dich geschmiegt geschlafen; vielleicht kommt er auf der Suche nach Wärme in den Käfig. Sobald er im Käfig ist, findet er Nahrung, und obwohl er verängstigt ist, wird er vielleicht vor Schwäche einschlafen. Wenn seine Schulter so schlimm ist, wie du sagst, kann er seit Tagen kaum etwas gefressen haben.«

Kate blickte zum dunklen Eingang der Höhle zurück und zerbrach sich den Kopf darüber, ob der Kater dort war. Vielleicht wäre er ihr den Hang hinunter in das

Haus gefolgt, wenn der Hund nicht gekommen wäre. Sie hatte sich nicht wirklich verirrt. Sobald es hell wurde, hatte sie gewußt, wo sie sich befand. Wäre sie nach Hause gegangen? Sie wußte es nicht. Ihr Vater wollte sie nicht. Er dachte nur an seine Filme und seine Adler.

Der Kater war alles, was sie hatte.

Elftes Kapitel

Kate hatte die kleine Stadt nur kurz spätabends gesehen, als ihr Vater und sie zum Cottage fuhren. Sie bekamen in den Läden des Dorfs alles, was sie brauchten, und Gavin haßte belebte, verkehrsreiche Orte.

Sheina beschloß, den Tag zu einem Abenteuer zu gestalten. Während sie auf der kurvenreichen Straße, die an der Bucht entlangführte, durch das Heidegebiet fuhren, sprach sie über die Kleider, die sie kaufen wollten. Auf dem Strand lag orangefarbener Seetang und der Wind trug ihnen seinen Geruch zu.

»Mein Großvater hat ein Lied über den Tang der Inseln gesungen«, erzählte Kate, während Sheina den letzten steilen Hügel vor der weitläufigen Stadt überwand. »Er behauptete, daß er ein Heilmittel ist.«

»Das stimmt.« Sheina dachte an stille Tage am Strand, wenn sie zusah, wie sich Seehunde sonnten und Meeresvögel mit schrillem Geschrei über ihr kreisten. Sie erinnerte sich daran, wie ihre bitteren Gedanken in dem Frieden und dem Geräusch der kleinen

Wellen, die sich an den Felsen brachen, wie von selbst verschwunden waren.

Dann hatten sie die Stadt erreicht, und Kate, die kaum noch wußte, wie große Geschäfte aussehen, konnte es kaum fassen, daß sie soviel Geld für sich ausgeben durfte. Ihre düstere Stimmung verging für einige Stunden, und Sheina sah Kate, wie sie einmal gewesen war; ihre Augen leuchteten vor Begeisterung, als so viele hübsche Kleidungsstücke vor ihr ausgebreitet wurden.

Die Verkäuferin bemühte sich genauso sehr wie Sheina, die richtige Wahl für das Mädchen zu treffen. Sie suchten eine neue Jeans und eine enge, karierte Hose aus, dazu gemusterte und einfarbige Pullover. Ein blaues Kleid mit weitem Rock, Strumpfhosen und modische schwarze Schuhe. Ein warmer, gefütterter Anorak mit einer Kapuze als Regenschutz. Handschuhe und zwei karierte Wollmützen. Dunkle Röcke, weiße Blusen und Jacken für die Schule, in der es keine Uniformen gab.

»Kann ich jetzt schon etwas davon anziehen? Etwas, das mir paßt?« fragte Kate sehnsüchtig. Die zu enge Jeans und der abgelegte Pullover ihres Vaters lagen auf dem Stuhl in der Ankleidekabine. Sie wollte sie nicht mehr anziehen.

Sheina, die die Begeisterung des Kindes teilte, lachte.

Sie wählten eine Jeans und einen mit siamesischen Katzen bedruckten Pullover. Blau-weiße Turnschuhe, die Kate immer schon gern getragen hätte und die ihr ihr Vater nie gekauft hatte, und den dunkelblauen, mit roten Streifen verzierten Anorak, der zu dem Pullover paßte.

Dann gingen sie zu einem Friseur, der Kate die Haare schnitt. Als er fertig war, lagen sie wie eine glatte, dunkle Kappe um ihren Kopf. Anschließend aßen sie zum Lunch Fisch und Pommes frites, und Kate fand, daß es die wunderbarste Mahlzeit ihres Lebens war. Seit sie hier lebten, war dieses Gericht nicht mehr auf den Tisch gekommen. Es erinnerte sie an ihre Mutter und an den Lunch an Feiertagen, wenn Kate zum Restaurant lief und das heiße, köstlich duftende Essen nach Hause brachte. Um nicht Geschirr spülen zu müssen, aßen sie es aus der Zeitung, in die es eingeschlagen war ...

Diese Picknicks zu Hause hatten Spaß gemacht. Ihr Vater hatte nie davon erfahren. Zu jener weit zurückliegenden Zeit hätte er sie mißbilligt; er hätte auf Warmhalteplatten und einem gedeckten Tisch bestanden, statt auf dem Kaminvorleger zu sitzen, zu lachen und sich zu unterhalten. Doch im Cottage machte er sich nie die Mühe, den Tisch zu decken, und sie saßen oft vor dem Kamin, aßen und balancierten dabei die Teller auf den Knien.

Im Lauf des Tages kehrten Kates Gedanken jedoch zu dem verwundeten, einsamen Kater zurück. Sie stellte sich vor, wie er aus seinem Versteck gekrochen war, um zu dem Futter zu gelangen, das sie mitgebracht hatte, und wie er jetzt angsterfüllt im Käfig kauerte, aus dem er nicht entkommen konnte.

»Hast du ihm einen Namen gegeben?« fragte Sheina.

»Ich nenne ihn Leo, aber das paßt nicht zu ihm. Er

braucht einen anderen, großartigen Namen. Er ist so schön.«

Sheina hatte vor, den Tag denkwürdig zu beschließen. Bevor sie sich auf den Heimweg machten, suchten sie als Höhepunkt Sheinas Lieblingsgeschäft auf. Kate betrachtete ungläubig die Regale voller Tierfiguren: Katzen, Hunde, Pferde, Seehunde, Dachse und Füchse. Kleine Vögel saßen auf Porzellanzweigen, auf einer glänzenden Holzplatte lagen vier Schäferhunde auf einem grasbestandenen Hügel.

»Dein Vater ist damit einverstanden, daß du morgens zu mir kommst und dann bei mir bleibst, bis er dich abholt.« Sheina beobachtete das Gesicht des Kindes und hoffte auf ein glückliches Lächeln. Kate erwiderte den Blick ausdruckslos; Sheina konnte nicht erraten, was sie dachte. Sie seufzte. Kinder waren unberechenbar. »Möchtest du nicht etwas für dein Zimmer kaufen? Ein Bild, eine Figur? Dein Vater hat gemeint, daß du es als verspätetes Geburtstagsgeschenk bekommst.«

Das löste eine Reaktion aus. Kate blickte entzückt zu Sheina auf, und diese fand, daß es die Lüge wert gewesen war. Sie sah zu, wie das Kind fröhlich durch das Geschäft hüpfte; ein bißchen Nachdenken und Verständnis hatten es völlig verwandelt, und es vergaß sogar für kurze Zeit die Sorgen um den Kater. Es fand beinahe sofort, was es wollte: ein Bild, auf dem ein Wildkater vor einem Hintergrund aus dunklen Bäumen auf einem Felsen kauerte.

»Er ist nicht so schön wie mein Kater, kommt ihm aber sehr nahe«, stellte Kate fest.

Sheina, die zwischen den Regalen ebenfalls auf die

Suche gegangen war, fand zwei Katzen aus Schiefer. Eine schwarze sitzende Katze mit ordentlich nebeneinandergestellten Vorderpfoten und eine Kopie einer ägyptischen Tempelkatze.

»Das sind meine Geburtstagsgeschenke für dich«, sagte sie und wurde sofort dafür belohnt: Die dunklen Augen des Kindes leuchteten auf.

Als sie das Geschäft verließen, sah Kate in der Auslage einen Adler. Der Vogel stand mit gefalteten Flügeln auf dem Boden, und die Sonne ließ die Federn golden glänzen.

»Haben wir noch Geld übrig?« fragte sie. Sie hatte das Gefühl, daß sie ein Vermögen ausgegeben hatten.

»Wir haben ungefähr die Hälfte des Betrags ausgegeben, den uns dein Vater zur Verfügung gestellt hat«, antwortete Sheina. »Warum?«

»Vater hatte ebenfalls Geburtstag. Ich habe versucht, ihn ein bißchen zu feiern, und habe sein Lieblingsessen gekocht, aber es geriet völlig daneben. Ich konnte ihm kein Geschenk kaufen, weil ich kein Geld hatte. Darf ich ihm diesen Adler kaufen?«

Der Vogel war teuer, aber Sheina nahm an, daß es eine sinnvolle Ausgabe war. Sobald das Geschenk eingepackt war, lief Kate zum Auto hinaus. Die kurze Hochstimmung war verflogen, und nur die Sorgen waren geblieben. Auf der Heimfahrt saß sie stumm neben Sheina, konnte es zuerst nicht erwarten, daß sie endlich zu der Höhle kamen, und wäre dann am liebsten nicht hingegangen.

Vielleicht war der Kater nicht da. Vielleicht war er in der Nacht gestorben. Vielleicht war ein streunender

Hund oder ein Fuchs vorbeigekommen und hatte ihn getötet; er war nicht kräftig genug, um zu kämpfen. Sie sah ihn vor sich: Er lag steif auf dem Boden. Er würde sich nie wieder bewegen.

Sheina hatte den Eindruck, daß ein anderes Kind neben ihr saß. Ein gut aussehendes Kind. Kate war keine Schönheit, aber sie hatte ein ausdrucksvolles Gesicht und würde später eine sehr attraktive Frau sein. Die anliegenden, glatten Haare standen ihr. Sie war schlank und graziös, und die neue Kleidung betonte diese Tatsache.

Aber die Augen starrten noch immer verzweifelt aus einem weißen Gesicht, und es würde lange dauern, bis die Traumata des letzten Jahres heilten. Sie konnte das Kind nicht einmal beruhigen. Sie hielt es für äußerst unwahrscheinlich, daß sich der Kater noch in der Höhle befand und sie in der Nacht nicht verlassen hatte, um irgendwo leichte Beute zu finden. Es war unfair, falsche Hoffnungen zu wecken.

Als sie die Hügel erreichten, war die Sonne verschwunden; der Himmel hatte sich mit Wolken überzogen, und es würde bald regnen.

Kate stand neben dem Wagen und blickte in die Richtung, in der sich die Höhle befand.

War der Kater dort?

Vielleicht war er doch in der Nacht gestorben, oder er war, noch bevor sie den Käfig aufstellten, vom Hügel und vom Geruch des Hundes vertrieben worden und davongehinkt. Der Wildkater gehörte ihr auf eine Weise, die niemand verstehen konnte. Und sie hatte das Gefühl, ihn im Stich gelassen zu haben.

Sheina sah zu, wie Kate hinaufstieg. Minuten dehnten sich zu Ewigkeiten, als die winzige Gestalt sich durch die lästigen Heidekrautbüschel hinaufkämpfte, die sie leicht zu Fall bringen konnten. Kate blickte einmal zurück und ging dann weiter. Es war steil, und sie war erschöpft; sie hatte sich noch nicht von der Nacht auf dem Berg erholt.

Sie erschauerte, aber nicht, weil ihr kalt war. Bitte, Gott, laß ihn da sein. Bitte, hör mir zu. Hörte Gott zu? Gab es einen Gott oder nur eine grausame Macht, die sich über die Schmerzen freute, die sie den Menschen zufügte?

Die Höhle hob sich als schwarzer Schatten vom grauen Felsen ab. Kate blieb stehen und lauschte, aber das einzige Geräusch war das leise Tropfen von Wasser irgendwo in der Höhle. Sie erinnerte sich daran, daß eine winzige Quelle den Fels neben der Spalte befeuchtet hatte, und der Kater hatte einmal aus der kleinen Pfütze getrunken, die sich dort bildete.

Sie erreichte die dunkle Öffnung. Es war schwierig, drinnen etwas zu erkennen.

Dann war sie beim Käfig. In dem Augenblick, in dem sie die Oberseite berührte, wußte sie, daß die Tür hinuntergeglitten war und daß er im Käfig sein mußte.

Er kauerte in seinem Gefängnis. Er hatte verängstigt und frierend in der Dunkelheit gelegen. Der Geruch des Hundes war noch immer vorhanden. Er hatte bei dem Mädchen, das in der äußeren Höhle geschlafen hatte, Wärme gefunden, und plötzlich war ihr Geruch wieder da, und die Erinnerung kehrte zurück. Wenn er zu ihr gelangen konnte, würde ihm wieder warm sein.

Als er durch den Spalt hinauskroch, roch er das frische Kaninchenfleisch. Er spürte nur noch seinen Hunger und riß gierig an dem lebensspendenden Fleisch. Nur die Knochen blieben übrig.

Kate zog den Käfig ins Freie und musterte den Kater. Sein Fell war verfilzt und glänzte nicht mehr. Die großen Augen waren stumpf. Seine Energie war fast verbraucht. Er hob nicht einmal den Kopf. Nur die leichte Bewegung eines Ohres zeigte, daß ihm ihre Anwesenheit bewußt war.

Kate winkte. Sheina verließ den Wagen und kam ebenfalls hinauf. Als sie an den Käfig trat, fauchte der Kater leise.

Die Verletzung war schlimmer, als Sheina angenommen hatte. Ohne Hilfe konnte er nicht überleben.

Kate saß auf dem Rücksitz, den Käfig neben sich. Der Kater rührte sich nicht; er war zu schwach, um zu protestieren, obwohl er den Geruch des fremden Ortes und die unheimliche Bewegung kaum ertrug. Ein- oder zweimal knurrte er heiser. Das Mädchen befand sich neben ihm, ihr Geruch hüllte ihn ein, und er vertraute ihr.

Als Ruaraidh die Wunde sah, stieß er einen Pfiff aus.

»Ich werde alles tun, was ich kann«, versprach er. »Er muß heute nacht hierbleiben, und vielleicht auch noch einige Zeit danach. Wenn wir ihn dann zu dir bringen, kannst du ihn nicht frei herumlaufen lassen. Er wird Pflege brauchen, und es wird sehr schwierig sein, ihn zu betreuen. Er ist ein echter Wildkater, kein verwilderter Hauskater. Es ist sehr schwierig, sie zu zähmen; ich habe nie erlebt, daß ein Wildkater wirklich zahm wurde.«

Ruaraidh wußte nicht, daß die Mutter des Katers eine Hauskatze gewesen war. »Er wird einen sicheren Käfig brauchen. Du wirst ihn weder berühren noch ihm trauen können.«

Kate, die die verletzte Schulter betrachtete, hatte Angst. Der Tierarzt beobachtete sie und war über ihr verändertes Aussehen – neue Kleider, kurze Haare – verblüfft. Sie hatte vorher wie ein ungeliebtes, vernachlässigtes Waisenkind ausgesehen.

Er lächelte sie an.

»Ich habe schon schlimmere Wunden geflickt«, sagte er, kreuzte aber verstohlen die Finger hinter dem Rükken. Er wollte sie nicht noch mehr beunruhigen. Sie hatte in den letzten beiden Tagen eine Menge ertragen müssen. Er hatte sich bei den Suchern auf dem Hügel befunden, und Sheina hatte ihm die Geschichte des Kindes erzählt. Es sollte sich langsam an den Gedanken gewöhnen, daß es den Kater verlieren würde. Es war eine seltsame Freundschaft, ein einsames Kind und ein allein lebendes Wildtier. »Man darf die Hoffnung nicht aufgeben. Er ist kräftig, sonst hätte er nicht so lange durchgehalten. Er hat gefressen, also ist sein Lebenswille noch da. Ruf mich morgen früh an.«

Kate half Sheina bei der Zubereitung des Abendessens. Sie war es gewohnt, zu kochen, hatte sich aber noch nie an ein Currygericht gewagt und sah Sheina interessiert zu.

Als das Essen fertig war, richtete Kate den Reis auf einer Platte an. Gavins Landrover war gerade vorgefahren.

»Ich habe mir etwas überlegt«, erklärte Sheina, während Gavin den Weg heraufkam. Kate sah sie erwartungsvoll an.

»Du kannst mit mir in die Schule fahren. Ich setze dich am hinteren Eingang ab und hole dich am Abend von dort ab. Unser Geheimnis, okay?«

»Okay.«

Gavin, der den Kopf einziehen mußte, als er eintrat, wurde zu seiner Verblüffung von einer aufgeregten Tochter begrüßt, die es nicht erwarten konnte, ihm das neue Bild und die beiden Katzenfiguren zu zeigen. Sie wirkte wie ein ganz anderes Kind, und ihm wurde jetzt erst klar, wie vernachlässigt sie ausgesehen hatte. Ihre neuen Kleider gaben ihr Selbstvertrauen. Das Bewußtsein, daß er ihren Geburtstag doch nicht vergessen hatte, die Tatsache, daß sie so viel hatte kaufen dürfen, sogar ein Bild für ihr Zimmer, kitteten den Bruch zwischen ihnen. Die Worte sprudelten nur so aus ihr heraus, als wäre ein Damm gebrochen, der jahrelang alles, was sie sagen wollte, aufgestaut hatte.

»Ich habe ein Geburtstagsgeschenk für dich«, sagte sie und beobachtete ihn ängstlich, als er das kleine Päckchen entgegennahm. Sie ließ ihn nicht aus den Augen, während er es öffnete, und Sheina hielt den Atem an und betete darum, daß er nicht das Falsche sagen, daß es ihm gefallen würde und daß er, selbst wenn es ihm nicht gefiel, den Willen, ihm eine Freude zu machen, erkennen würde.

»Er ist prachtvoll«, stellte Gavin fest, als das Licht auf den Bronzefedern funkelte. Er hatte den Vogel auf den Tisch gestellt, und die bernsteinfarbenen Augen schienen ihn zu betrachten.

Er beugte sich zu seiner Tochter, küßte sie, und sie umarmte ihn zärtlich – sie hatte sich so lange nach einer Liebkosung gesehnt. Er hielt sie fest, als würde er sie nie wieder loslassen. In Sheina, die zusah, erwachten ganz neue Gefühle, und sie begriff widerstrebend, daß es nicht mehr viel bedurfte, damit Vater und Tochter einen wichtigen Platz in ihrem Leben einnahmen. Vielleicht ...

Sie schob die Gedanken weg. Sie hatte sich gelobt, sich nie wieder verletzen zu lassen. Es war eine Erleichterung, daß sie sich prosaischen Dingen zuwenden und das Abendessen auftragen konnte.

Sheinas Cottage war warm und farbenfroh. An den Wänden hingen vergrößerte Fotos der nahegelegenen Lochs. Bäume im Winter, im Hochsommer und im farbenbunten Herbst, und jedes Landschaftsbild schien von innen heraus zu leuchten. Sobald die Mahlzeit beendet war, betrachtete Gavin sie genau.

»Haben Sie die Fotos gemacht?« fragte er.

Sie nickte, und als Gavin klar wurde, daß Sheina eine Menge von seinem Beruf verstand, waren sie plötzlich in eine technische Diskussion vertieft.

»Darf ich Ihnen meinen Film zeigen? Ich möchte wissen, was Sie davon halten. Ich könnte Hilfe beim Schneiden gebrauchen, und es ist für mich auch wichtig, eine andere Meinung zu hören.«

Er war zum Leben erwacht, und Sheina war überrascht, weil seine leuchtenden Augen denen seiner Tochter so ähnlich waren und weil er so ungezwungen sprach, als wäre sie eine Kollegin, die die gleiche Arbeit machte, die seine Arbeit verstand. Es stellte sich heraus, daß sie tatsächlich viel davon verstand.

»Wir hätten alle im Versteck Platz«, sagte er. »Es würde die Vögel wahrscheinlich nicht stören. Sie sind an meine Anwesenheit gewöhnt. Ihr müßtet nur meine Anoraks überstreifen ...«

Sheina nahm ihre neue Verantwortung sehr ernst. Sie fuhr zeitig hinüber und sah zu, wie Kate, die ihre neuen Sachen trug, das Frühstück hinunterschlang und vor Ungeduld zappelte, weil sie es nicht erwarten konnte zu erfahren, wie es dem Kater ging.

Der Sonntag war für alle drei oft ein trostloser Tag gewesen. Heute war er etwas Besonderes.

Zuerst kam der Anruf bei Ruaraidh.

Er hatte den Kater operiert, erzählte er. Die Operation war erfolgreich verlaufen, aber das Tier war sehr geschwächt. Ruaraidh hatte ihn an eine Infusion angehängt, die er während der nächsten zwei Tage weiterbekommen mußte. Erst dann konnte man abschätzen, ob er am Leben bleiben würde. Es war eine schwere Infektion, die leicht zu einer Blutvergiftung werden konnte.

Kate hatte einen Entschluß gefaßt. Der Kater würde am Leben bleiben. Sie würde ihn pflegen, bis er seine alte Kraft wiedererlangt hatte. Etwas anderes durfte nicht geschehen. Sie fragte, ob sie in die Kirche gehen konnten, und während sie dort war, betete sie wie noch nie zuvor und gelobte, daß sie ihr Leben lang brav sein würde, wenn der Kater wieder gesund wurde.

Sheina war entschlossen, den Tag zu nützen. Sie und Kate würden im Garten arbeiten und versuchen, ihn wieder in Ordnung zu bringen. Das Haus würde dann ganz anders wirken, und im Sommer würden Bauernblumen vor ihm blühen. Sie war davon überzeugt, daß der alte Tierarzt ihren Plänen zugestimmt hätte.

Kate arbeitete unter Sheinas Anleitung genauso eifrig wie ihre Lehrerin. Sie jäteten, bis ihre Hände wund waren, setzten sich dann in die Sonne und aßen Sandwiches mit geriebenem Käse und sauren Gurken; Kate behauptete, daß sie noch nie etwas so Gutes gegessen hatte.

Am Nachmittag nahmen sie das Haus in Angriff. Sheina besaß einen blau-weißen Vorleger, den sie nicht brauchte und der Kates kleines Zimmer aufhellte. An der Vorhangschiene hingen Haken, und Sheina befestigte einen leuchtend blauen Vorhang daran.

Sie hingen das Katzenbild auf. Die Wildkatze starrte sie aus unergründlichen Augen an.

Kate stellte die beiden Katzenfiguren auf das Kaminsims.

Sie betrachtete das Bild. Wenn der Kater nur am Leben blieb. Er mußte leben. Er mußte.

Anschließend inspizierten Kate und Sheina den Schuppen am Ende des Gartens. Er mußte dringend gereinigt werden, und die beiden machten sich an die Arbeit. Der Rest des Tages verging damit, daß sie Wände und Fußboden schrubbten.

»Mein Freund, der Wildhüter, wird uns sicherlich einen Käfig leihen können«, meinte Sheina während der Arbeit. Kate, die damit wieder eine Sorge los war, lachte und plauderte, als müsse sie das Versäumte nachholen.

»Jetzt sieht alles ganz anders aus«, stellte sie fest, als sie den Tisch für das Abendessen deckte. Sheina hatte ein rot-weiß kariertes Tischtuch mitgebracht. Die Tischtücher, die Vater und Tochter im Haus vorgefunden hatten, konnte Kate nicht ausstehen.

Der Raum wirkte geradezu festlich. Kate stellte eine Schale mit Gänseblümchen auf den Tisch. Sie hatte das Gefühl, daß sie eine Party gaben.

Sie hatten gerade den Tisch abgeräumt, als es an die Tür klopfte.

»Besuch?« fragte Sheina. »Mich besucht an den Sonntagen nie jemand. Du hast wirklich Glück.«

Kate öffnete die Tür und stand dem Briefträger gegenüber. In seinem Sonntagsanzug wirkte er fremd. Neben ihm stand einer der Jungen aus ihrer Klasse, ein Rotschopf namens Grant McLeod.

»Grant ist mein Enkel«, erklärte der Briefträger. »Die Kinder haben sich deinetwegen Sorgen gemacht; wir wollten nachsehen, wie es dir geht. Keine Nachwehen von deinem Abenteuer?«

Grant starrte Kate an. Das war nicht das Mädchen, das er aus der Schule kannte – mit komischen Kleidern und Haaren, die aussahen, als hätte man die mit einer stumpfen Schere geschnitten. Sie wirkte ganz anders, wie ein Model aus einem Magazin, und war nicht mehr die Kate, die sie verspottet hatten, weil sie so merkwürdig gekleidet war.

Er hielt ihr ein Päckchen hin.

»Meine Mutter hat Scones für dich gebacken«, erklärte er. »Sie glaubt, daß ihr, du und dein Vater, nie backt. Ein kleines Mädchen und ein Mann!«

Sheina grinste den Briefträger an, den die Offenheit seines Enkels sichtlich verblüffte.

»Wir backen tatsächlich nie«, gab Kate zu. »Das ist sehr freundlich von euch. Mein Vater liebt Scones sehr. Meine Mutter machte sie früher, und wir aßen sie heiß mit Jam und Schlagsahne, wie es in Cornwall üblich ist. Kommt auf eine Tasse Kaffee herein.« Der Briefträger trat ein und legte seine Kappe auf die Eichenkommode neben der Eingangstür. Grant zögerte einen Augenblick, dann folgte er ihm.

Die Kinder saßen schweigend nebeneinander, weil keines wußte, was es sagen sollte. Das Mädchen, das Grant jetzt wie ein vollkommen fremder Mensch vorkam, schüchterte ihn ein. Er hatte es ja nie näher kennengelernt. Sein Großvater hatte bei einem Gespräch mit ihm herausbekommen, daß die Kinder Kate in der Schule quälten, und hatte angenommen, daß dies mit ein Grund dafür war, daß sie davongelaufen war. Er hatte Grant eine lange Strafpredigt über Lieblosigkeit gehalten, und dieser schämte sich jetzt.

Er wußte nicht, wie er es wieder gutmachen sollte, und Kate hatte keine Ahnung, was sie ihm sagen sollte. Sie war froh, als sich Großvater und Enkel verabschiedeten.

»Schau mal auf die oberste Stufe der Treppe. Dort steht eine Schachtel«, sagte Gavin.

Kate sah nach. Auf der Schachtel stand ihr Name.

Sheina hob sie hoch und trug sie ins Haus.

»Für mich?« fragte Kate ungläubig. In letzter Zeit ereignete sich zu viel gleichzeitig.

Die Schachtel war mit winzigen Päckchen gefüllt. Auf

jedem stand ihr Name sowie der Name eines Kindes aus ihrer Klasse. Ein Buch; eine Tafel Schokolade; ein winziges Pferd; ein Bleistift. Von Morag, Rita, Laura, Jean; von Hamish, Duncan, Donald, Sandy.

Sie trugen die Schachtel in Kates Zimmer hinauf, und diese legte alles auf das Fensterbrett: winzige Ziergegenstände, ein kleines Bild von einem Mädchen und einem Hund, Kugelschreiber, Notizbücher, mehrere Bücher als Lesestoff und genügend Naschereien für einen ganzen Monat.

Etwas später kam Hector, der Polizist, vorbei und brachte ebenfalls ein Geschenk: einen aus Holz geschnitzten Seehund, den er selbst angefertigt hatte. Außerdem brachte er die Neuigkeit mit, daß er einen kleinen Sohn hatte. »Ihr müßt ihn euch ansehen«, sagte er.

Als Kate wieder zur Schule ging, war sie in wesentlich besserer Stimmung als je zuvor. Die Kinder kamen ihr nicht entgegen, sondern blieben zurückhaltend, aber niemand verspottete sie. Sie starrten Kates neue Kleidungsstücke an, und eines der Mädchen forderte sie in der Pause auf, bei einem Ballspiel mitzumachen. Sheina, die sie beobachtet hatte, war erleichtert. Es würde eine Weile dauern, aber es war ein Anfang.

Die Woche schleppte sich dahin. Der Kater fraß nicht. Ruaraidh, der ihn regelmäßig genau untersuchte, fürchtete, daß er noch vor dem Wochenende sterben würde. Kate, die die ganze Zeit über an den Kater dachte, war nicht imstande, sich zu konzentrieren. Ihre

Aufgaben litten noch mehr darunter. Ruaraidh ließ nicht zu, daß sie den Kater besuchte, und sagte, daß es ihn zu sehr aufregen würde. Er sagte nicht, daß es Kate zu sehr aufregen würde.

Er war ein wildes Tier, das in einem Käfig gehalten wurde. Vielleicht wollte er sich nicht mit der Gefangenschaft abfinden. Möglicherweise zog er es vor zu sterben.

Zwölftes Kapitel

Mitte der darauffolgenden Woche trat eine Besserung im Befinden des Katers ein. Die Wunde heilte. Der Kater hatte apathisch die Hilfe akzeptiert. Er war zu schwach, um sich zu wehren. Zu schwach, um zu reagieren. Zu schwach, um seine Umgebung abzulehnen. Seine Tage bestanden aus fremden Gerüchen und aus Schmerzen.

Wenn er schlief, träumte er von dem wilden Heideland und vom Meerestang; davon, daß er auf dem Strand herumstreifte, wenn die Ebbe am Tiefpunkt war, daß in den Tümpeln die kleinen Fische zappelten und herumschlugen, wenn er sie sich mit der Pfote angelte. Er träumte von Vollmondnächten und dem Duft der Hügel.

Er träumte, daß er jagte, und zuckte im Traum.

Er träumte von Hunger; ein schmerzender Hunger, der jedes andere Gefühl übertönte. Als er aufwachte, war er heißhungrig. Ruaraidh gab ihm ein halbes frisch geschlachtetes, noch nicht abgehäutetes Kaninchen und sah zu, wie der Kater es verschlang. Die Erinnerung erwachte: das lange Anschleichen, der Sprung, das Töten, das warme Fleisch, das seinen Hunger stillte. Er duckte sich, knurrte leise, während er fraß, und der Mann, der ihn beobachtete, ließ ihn allein, damit er die Mahlzeit genießen konnte.

Während Ruaraidh die Tür hinter sich zuzog, war ihm klar, daß dieser Kater sich nie an ein menschliches Zuhause gewöhnen würde. Er war ein wildes Tier, ein Geschöpf, das zum Jagen und Töten geschaffen war, das frei unter den Sternen herumstreifen und sein Leben in dem Heidegebiet und auf den steilen Hängen der hohen Hügel verbringen mußte.

Ruaraidh rief früh am Freitagmorgen an und teilte Kate mit, daß sie den Kater besuchen und ihn, wenn alles gutging, bald mit nach Hause nehmen und behalten konnte, bis er wieder voll bei Kräften war. Aber dann mußte sie ihn freilassen.

Für Kate schien der Tag kein Ende zu nehmen. Die Uhr tickte unbarmherzig langsam. Jede Minute dehnte sich zu Stunden. Jede Stunde zu einer kleinen Ewigkeit, die sie ertragen mußte, bis sie schließlich entlassen wurde, Sheina traf und mit ihr zu ihrem Schützling fuhr.

Er befand sich allein in einem Käfig im Stall hinter dem Haus des Tierarztes. Ruaraidh hatte ihn vorsorglich dort untergebracht, weil er annahm, daß der Kater in einem Raum, in dem sich Hunde und andere Katzen befanden, nach der Operation nie zur Ruhe gekommen wäre. Kate hoffte, daß er sie erkennen würde, aber er beachtete sie genausowenig wie alle anderen.

Sie hockte sich neben dem Käfig hin und sprach zu ihm, aber der Kater blieb liegen, beobachtete sie, ging nicht auf sie zu. Nur die sich bewegenden Ohren zeigten, daß ihm ihre Anwesenheit bewußt war. Seine Augen waren ausdruckslos, sein Körper steif. Er akzeptierte die Menschen nicht.

»Er hat mich vergessen«, sagte sie. Sie konnte die Enttäuschung kaum ertragen.

»Er ist noch immer sehr krank«, erklärte Ruaraidh. »Es wird noch eine Weile dauern, bis er wieder fit ist. Vielleicht kehrt die Erinnerung an dich wieder, wenn er bei dir lebt, aber schließe ihn nicht zu sehr ins Herz, Kate. Er ist ein wildes Tier und wird nie wirklich zahm sein. Wenn du ihn in einem Käfig hältst, würde er entsetzlich leiden, und wenn du ihn hältst wie einen normalen Kater und ihn herumstreifen läßt, wird er in die Hügel zurückkehren, sobald er kräftig genug ist, und nie wiederkommen.«

Kate hörte ihm nicht zu. Es gab immer ein erstes Mal, und sie träumte davon, daß der Kater zu ihrem Kater wurde, daß er nicht von ihr fort wollte, daß er sie genauso brauchte wie sie ihn. Sie zählte die Tage bis zum nächsten Wochenende; Ruaraidh hatte gesagt, daß sie ihn dann nach Hause nehmen durfte. Sie konnte ihn in dem großen Käfig halten, den sich der Tierarzt vom Zoo geliehen hatte. In dem hatte der Kater gerade soviel Platz, daß er ein paar Schritte gehen, sich strecken, stehen und sich umdrehen konnte.

Die Tage in der Schule mußte sie einfach ertragen. Die übrigen Kinder waren ihr gegenüber nicht mehr so zurückhaltend. Sie beteiligte sich an ihren Spielen, obwohl immer noch ein gewisses Unbehagen zu spüren war. Als Kate davongelaufen war, hatte der Schulleiter den übrigen Kindern eine Strafpredigt gehalten und ihnen auseinandergesetzt, wie einsam sie war und wie grausam sie sich ihr gegenüber verhalten hatten. Erst als Kate mit Sheina sprach, wurde dieser klar, wie sehr das Kind unter ihren Klassengefährten gelitten hatte. Kinder können grausam sein. Gelegentlich waren sie schlimmer als Erwachsene und dachten überhaupt nicht an die Gefühle der anderen.

Grant hatte sich zu Kates Beschützer aufgeschwungen. Als der Kater nach Hause kam, erlaubte sie ihm als einzigem Kind in der Klasse, den Patienten zu besichtigen, und das nur kurz. Sheina und Gavin begannen, sich Sorgen zu machen, sprachen aber nicht darüber. Kate hockte Abend für Abend bei dem Käfig und redete leise auf den Kater ein.

Sie wollte erreichen, daß das Tier sie zur Kenntnis nahm.

Wenn sie in der Schule war, dachte sie an ihn; nachts träumte sie von ihm. Er war der Mittelpunkt ihrer Freizeit, sie lebte nur für den Augenblick, daß am Ende der letzten Stunde die Schulglocke läutete und sie ihre Schulsachen zusammenraffen und zu Sheina rennen konnte. Sie saß dann ungeduldig im Auto, konnte es nicht erwarten, daß die Fahrt zu Ende ging, damit sie ihn endlich sehen, zu ihm sprechen konnte.

Sie hatte sich einen Namen für ihn ausgedacht, aber sie verriet diesen Namen niemandem. Er war Apollo, schöner als jedes andere lebende Geschöpf, ein Gott unter Katzen.

Sheina befürchtete allmählich, daß das Kind nicht mehr vernünftig dachte, sondern von einer fixen Idee besessen war. Sie versuchte, Kate zu warnen, aber dieser bedeuteten Worte nichts. Der Kater bedeutete ihr alles. Er gehörte ihr. Sie hatte ihm das Leben gerettet, und er würde sich sicherlich ihr zuwenden, würde anerkennen, was sie für ihn getan hatte, würde ihr dankbar sein.

Nach einem Nachmittag, an dem sie zwei Unterrichtsstunden lang nur geträumt und sich Sorgen gemacht hatte, brachte sie dem Kater als Abwechslung zu dem ewigen Kaninchenfleisch ein Hühnerbein mit.

Er nahm es beinahe ungläubig entgegen, roch daran, leckte daran, kostete es. In diesem Augenblick herrschte sein mütterliches Erbteil vor, und er wurde gänzlich zum Hauskater. Er starrte Kate an, die die Quelle dieses intensiven Genusses war, verließ das Futter kurz, kam zum Gitter und rieb sich durch den Maschendraht an ihren Beinen; er markierte sie mit dem Geruch seiner Wangendrüsen und kennzeichnete sie so als sein Eigentum.

Sie wagte nicht, sich zu bewegen oder zu atmen. Er kommunizierte mit ihr, erzählte ihr, wie dankbar er ihr für diesen schmackhaften Leckerbissen war. Dann begann er zu fressen, kauerte sich über das Fleisch, riß daran, kam aber immer wieder zu ihr, während er kaute, und rieb sich begeistert schnurrend an ihren Beinen.

Kate war selig. Sie hätte ihm gern öfter Huhn gebracht, aber es kam nur selten bei ihnen auf den Tisch, weil ihr Vater Geflügel nicht mochte. Das heutige Hühnerbein war ein Geschenk Sheinas.

Der Kater fühlte sich besser, der Schmerz in seiner Schulter war fast nur noch eine Erinnerung, die Wunde war verheilt und das Fell wuchs wieder nach. Nur das Gehen schmerzte ihn noch, und er hinkte auf einem Vorderbein. Er belastete es täglich mehr und legte sich hin, sobald es schmerzte. Aber er konnte jetzt schon längere Zeit stehen.

Kate, die ihn beobachtete, war fasziniert. Er streckte sich und begann zu gehen, einige Schritte in diese Richtung, einige Schritte in die entgegengesetzte Richtung; dabei verlagerte er die Belastung immer mehr auf die verletzte Seite. Ein Schritt, hinlegen, ausruhen. Zwei Schritte, hinlegen, ausruhen.

Gelegentlich putzte er sich, und seine Zunge raspelte über das Fell, oder er streckte das Hinterbein über eine Schulter in die Luft und säuberte sich hinten. Man konnte kaum glauben, daß er ein Wildkater war, denn er verhielt sich in jeder Hinsicht wie ein Hauskater.

Bis auf sein plötzliches Fauchen, wenn sich Kate unvorsichtig bewegte oder wenn sie einen Fremden mitbrachte. Dann sträubte er das Fell, bis er riesig aussah, seine Augen funkelten wütend, und das Fauchen verwandelte sich in ein warnendes Knurren.

Irgendwann würde er sich ändern. Irgendwann würde er begreifen, daß die Menschen, die Kate mitbrachte, ihm nichts tun wollten. Eines Tages würde er ganz ihr gehören.

All das überlegte sich Kate, während sie ihm sein Fressen brachte. Sie hatte ihm kein Huhn mehr gegeben, sondern hatte ihm wieder nur Kaninchen gegeben. Gavin hatte sie darauf aufmerksam gemacht, daß überall in der Gegend Hühner frei herumliefen; was war, wenn er sie später riß? Dann würden die empörten Bauern ihm mit Gewehren auflauern.

»Es war ein Brathuhn, Vater«, erklärte Kate geduldig. Warum waren Erwachsene manchmal so schwer von Begriff? »Das riecht ganz anders als ein lebendes Huhn.« Aber sie hörte auf ihn.

Weder Sheina noch Gavin konnten Kate von ihrer fixen Idee abbringen. Sie würden den Kater bei sich behalten, und es war unwichtig, ob er Huhn wollte oder nicht. Er würde nicht von ihrer Seite weichen. Er würde ihr wie ein Hund überallhin folgen. Sie würde ihm sein Futter geben. Er würde nie hungrig sein und deshalb nie jagen müssen. Sie verschloß sich allen vernünftigen Einwänden.

Er roch das Kaninchenbein und kam zum Maschendraht. Kate schob das Bein mit den Fingern durch den Zaun, und er nahm es von ihr entgegen. Er sah sie an, miaute plötzlich leise und begann dann, schnurrend zu fressen.

In den nächsten Tagen nahm er das Fressen immer von ihr entgegen. Eines Sonntags lehnte er am Gitter, begann plötzlich, laut zu schnurren, und rieb sich am Draht; als sie die Hand auf den Draht legte, rieb er sich an der Hand.

Er gehörte ihr. Er war in Sicherheit. Er würde sie nie verlassen, selbst wenn sie ihn freiließ. Er würde zurückkommen, weil er bei ihr sein wollte, sie brauchte. Die Erwachsenen hatten alle unrecht. Sie lauschte dem kehligen Schnurren, liebte den Kater mehr als jedes Geschöpf, das sie je gekannt hatte, sehnte sich danach, den Käfig zu öffnen, ihn herauszuholen und in den Armen zu halten.

Es war ein rasselndes, stockendes Schnurren, als hätte er vergessen, wie man es zustande bringt. Kate hielt den Atem an und lauschte.

Sein Fell glänzte wieder. Die großen Augen, die sie beobachteten, leuchteten, und obwohl er noch immer die Haare sträubte und knurrte, wenn Gavin oder Sheina vorbeikamen, fauchte er Kate nicht mehr an.

Sheina sah im Vorübergehen in den Schuppen. Gavin und Kate waren für sie wichtig geworden; sie füllten eine Lücke in Sheinas Leben, die ihr bis jetzt nicht bewußt gewesen war. Sie ließ sich immer mehr Ausreden einfallen, um beim Cottage vorbeizukommen und nachzusehen, ob alles in Ordnung war. Da ihr auch klar war, daß die Verpflegung zu wünschen übrigließ, kam sie allmählich jeden Abend hinüber, bereitete das Abendessen zu, ließ dabei ihre Phantasie spielen und aß mit ihnen. Die beiden freuten sich immer mehr über ihre Anwesenheit, nicht nur wegen des abwechslungsreichen Essens, sondern weil sie sie mochten.

Kate unterhielt sich gern mit ihr, und die Abende, an denen Gavin den Horst filmte, waren nicht mehr einsam. Wenn Gavin müde nach Hause kam, war es angenehm, von einer Erwachsenen begrüßt zu werden; ihre Gesellschaft wirkte beruhigend auf ihn. Sie sahen sich oft zu dritt das Ergebnis seiner Arbeit an, sprachen über die Adler und ihr Verhalten, genossen den Anblick der großen Vögel, die über den Felsen kreisten und das gierig um Futter bettelnde Junge fütterten.

Jetzt fiel ihr im Vorübergehen Kates verzückter Gesichtsausdruck auf, sie hörte das ungewohnte Geräusch und erkannte es. Es wäre ihr lieber gewesen, wenn es nicht dazu gekommen wäre. Es machte alles nur noch viel schwerer.

Ach, Kate, Kate, dachte sie, aber sie wußte, daß nichts, was sie sagte, das Kind zur Vernunft bringen würde.

Gavin filmte Tag für Tag. Der junge Adler war beinahe flügge und würde bald die ersten Flugversuche unternehmen. Doch die Sorge um Kate ließ sich nie ganz vertreiben und wurde stärker, wenn er nachts zum dunklen Himmel und den fernen, hellen Sternen hinaufblickte und nicht damit fertig wurde, daß seine Frau nicht mehr am Leben war. Er hatte keine Ahnung, wie er seine Tochter helfen sollte.

Wenn er mit Sheina über seine Arbeit fachsimpelte, kam er auch manchmal auf Kate zu sprechen; er wußte, daß sie in einer Traumwelt lebte und daß diese Traumwelt bald zerstört werden mußte. Der Kater konnte sein Leben nicht im Käfig verbringen. Eines Tages würde sie ihn freilassen müssen. Es war gar nicht einfach, ihn zu betreuen, und außer Kate fauchte er jeden wütend an, der den Schuppen betrat.

Sobald Kate den letzten Bissen geschluckt hatte, lief sie hinaus, saß den ganzen Abend neben dem Käfig und kam erst herein, wenn es so finster war, daß sie nichts mehr sah. Sie war davon überzeugt, daß es eine Kommunikation zwischen ihr und dem Kater gab, daß der Kater anfing, sie zu lieben, und daß er eines Tages ganz ihr gehören würde. Er würde vielleicht bei Tag herumstreifen, aber jeden Abend zu ihr zurückkehren, weil er ihre Gesellschaft brauchte.

Ruaraidh, der seinen Patienten besuchte, war ebenfalls besorgt. Kate hörte ihm höflich zu, aber er wußte, daß sie ihm kein Wort glaubte. Sie schloß sich von den Menschen ab. Er kannte das. Er hatte selbst Kinder in ihrem Alter.

»Man versucht, ihnen zu helfen, man tut sein Bestes für sie, aber das ist alles«, sagte er eines Abends zu Sheina und Gavin, als sie bei einer Tasse Kaffee zusammensaßen. Kate hockte verzückt bei ihrem Schützling und sprach zu ihm. »Sie gehen ihren eigenen Weg; vielleicht führt er in die Hölle, aber wir können nichts anderes tun, als mit ihnen mitzuleiden. Sie werden uns nie glauben, daß wir uns um sie sorgen.«

Sheina, die über die plötzliche Bitterkeit in Ruaraidhs Stimme erschrocken war, hätte gern gewußt, was die Bemerkung ausgelöst hatte, fragte aber nicht. Ruaraidhs älterer Sohn war neunzehn, lebte nicht mehr zu Hause und war bereits in der Schule ein Wildfang gewesen. Er war nicht schlecht, aber er ging verrückte Risiken ein, leugnete jede Gefahr und glaubte alles, was ihm andere einredeten.

»Kate war immer eine Träumerin«, erklärte Gavin. »Eine Romantikerin. Sie liebt die alten Legenden von König Arthur und den Rittern der Tafelrunde, von Cuchulain und dem Hund von Ulster. Sie wollte immer einen solchen Hund haben, der ihr ergeben war, sein Leben für sie aufs Spiel setzte, nur ihr gehörte.«

Sheina, die den Tisch abräumte, während Gavin und Ruaraidh die Filmsequenz dieses Tages begutachteten, zuckte zusammen. Kate war in einer Welt gefangen, zu der sie keinen Zutritt hatten.

Sheina begann mit dem Abwasch und sah sich plötzlich im Alter von zehn Jahren, wie sie ihren Vater wütend zur Rede stellte, weil er ihr Pony verkauft hatte, um ihr ein neues zu kaufen, das groß genug für sie war. Es war für sie genauso gewesen, als verkaufe er ein Familienmitglied, als hätte er sie verraten; sie war wochenlang untröstlich gewesen und hatte sich geweigert, die hübsche kleine Stute, die jetzt in der Box ihres Ponys stand, auch nur anzusehen. Sie hatte sich dazu gezwungen, das zweite Pony nicht mehr so tief ins Herz zu schließen wie seinen Vorgänger.

»Sie müssen ihr Leben selbst leben. Sie müssen ihre Erfahrungen selbst machen«, sagte sie, als sie ins Wohnzimmer zurückkehrte. Die beiden Männer starrten sie verständnislos an; sie hatten bereits vergessen, worüber sie vorher gesprochen hatten.

Der Kater sah Nacht für Nacht zu, wie der Mond über den Himmel zog, träumte von den hohen Hügeln und sehnte sich nach Freiheit. Er versuchte, den Maschendraht mit Krallen und Zähnen zu zerreißen, aber der Käfig war stark, und er konnte sich nicht befreien.

Kate beobachtete ebenfalls den Mond und dachte dabei an den Kater. Apollo, Herr der Bergheide, gezähmt und ihrem Willen untertan, während die übrigen Kinder sie beneideten und bewunderten. Kate, die wilde Tiere zähmen konnte. Orpheus hatte die Tiere mit seiner Leier verzaubert, so daß sie ihm folgten.

Seehunde kamen, wenn Musik gespielt wurde. Vielleicht sollte sie ihrem Kater vorsingen ...

Die Tage vergingen. Die Bäume waren sommermüde, der Herbst nur noch einen Mondwechsel entfernt. Der Kater sehnte sich nach den Hügeln.

Sobald die Erwachsenen davon sprachen, daß man ihn freilassen mußte, hörte Kate nicht mehr zu. Ihr Gesicht wurde verschlossen, und damit wußten die anderen, daß sie noch immer wider alle Vernunft hoffte, dieser Kater würde ihr gehören und sein Leben lang bei ihr bleiben.

Gelegentlich war Gavin auf den Kater eifersüchtig. Sheina beobachtete ihn und wußte, daß sie ihrem Vorsatz untreu geworden war, daß sie sich hatte hineinziehen lassen, und, was schlimmer war, daß sie damit wieder verletzlich war. Wenn Gavin und seine Tochter von hier fortzögen, würde sie sich genauso fühlen wie Kate, wenn sie den Kater freiließ.

Vollkommen allein.

Zwölf Wochen, nachdem sie ihn gefangen hatten, untersuchte Ruaraidh seinen Patienten.

»Für deinen Krieger ist es Zeit, den Käfig zu verlassen«, sagte er zu Kate. »Er ist gesund und sehnt sich nach der Freiheit. Wir können ihn nicht behalten. Das ist grausam.«

Kate antwortete nicht. Der Kater gehörte ihr und würde sein Leben lang bei ihr bleiben.

»Komm mit, Kate«, sagte Ruaraidh, ging mit ihr in den Garten und lehnte sich an die Steinmauer.

Die Dämmerung senkte sich herab, die riesige rote Sonne ging über dem Meer unter.

»Schau! Da draußen ist das Wasser, das Meer, das täglich kommt und geht und bei Ebbe kleine Tümpel zurückläßt. Dort hat dein Kater gefischt. Er konnte kommen und gehen, wie es ihm beliebte. Und dort oben auf den Hügeln konnte er unter dem nächtlichen Himmel laufen, wohin er wollte, konnte jagen und fressen, konnte unter den hellen Sternen schlafen. Er lebte in Freiheit, Kate.«

Kates dunkle Augen blickten zu ihm auf, und er hatte diesmal den Eindruck, daß sie ihm zuhörte.

»Stell dir einmal vor, daß ich dich in einen Käfig sperre oder Tag und Nacht in einem dunklen Raum festhalte, den du nie verlassen kannst. Du hast keinen Platz zum Laufen oder zum Springen. Kein Wind, der dein Gesicht streichelt, kein Gras unter deinen Füßen; nur das Gitter und das kleine Fenster, das dir bei Tag das Licht und bei Nacht die Sterne zeigt und dich an längst vergangene Zeiten erinnert, als du gehen konntest, wohin du wolltest und tun konntest, was du wolltest. Nur der Gestank des Käfigs; dein eigener Gestank, obwohl der Käfig gereinigt wird; nur die Nahrung, die man dir gibt, die jemand anderer gefangen hat.«

Sheina und Gavin sahen vom Fenster aus zu und bedauerten, daß sie nicht hören konnten, was der Tierarzt Kate erklärte. Die beiden hoben sich beinahe bewegungslos vom Himmel ab. Ruaraidh faßte Kate an den Schultern und wandte sie den Hügeln zu.

»Dort konnte er laufen und springen, kannte Freiheit und Fröhlichkeit; er kannte das vorsichtige Anschleichen, die Spannung des Tötens und die Befriedigung des Fressens. Er kannte Jubel und Erregung. Und jetzt verbringt er seine Tage im Halbdunkel als Gefangener. Er läuft nicht mehr über den windgepeitschten Strand; er schlägt nicht mehr mit der Pfote in den kleinen Tümpeln zu; er rennt nicht mehr durch das taufeuchte Heidekraut und läßt sich vom Wind die Neuigkeiten zutragen. Nur vier Holzwände und das Gitter, bis er stirbt, Kate. Willst du ihn zu lebenslangem Kerker verurteilen?«

Er ließ sie stehen und ging ins Haus.

»Ich komme mir vor wie ein Verräter«, sagte er, als er eintrat.

»Hören Sie«, begann Gavin. Er hatte in den langen Nachtstunden, in denen er alles auf der Welt in Frage stellte, nachgedacht und eine halbwegs akzeptable Lösung gefunden. Vielleicht half es; es war den Versuch wert. »Können Sie nicht ein Kätzchen für Kate besorgen? Es muß nicht unbedingt schön sein. Am besten wäre ein Tier, das niemand will oder das von irgendwo gerettet wurde. Ein Tier, das Kates Mitgefühl wecken kann; sie wird kein Tier akzeptieren, das es immer gut hatte. Es muß ersichtlich sein, daß das Tier Hilfe braucht und Pflege.«

»Das wird nicht schwierig sein«, meinte Ruaraidh. »Ich weiß sogar, wo ich ein solches Kätzchen bekomme. Es wird Sie einen Haufen Geld für Tierarztrechnungen kosten; wenn es durchkommen soll, wird es eine Menge Pflege brauchen. Man hat mir einen Wurf junger Kätzchen gebracht; die Katze hatte kein Zuhause, bekam die Jungen im Freien und wurde überfahren. Einer der Schafhirten fand die Jungen und brachte sie mir. Als ich sie bekam, waren sie noch blind, und wir haben sie von Hand aufgezogen. Es sind erbärmliche kleine Dinger, aber sie werden überleben, wenn sie genügend LP bekommen.«

»LP?« wiederholte Gavin erschrocken.

Sheina und Ruaraidh lachten.

»Liebevolle Pflege«, erklärte Sheina. Genau das wollte sie auch diesen beiden Menschen bieten, die so unerwartet in ihr Leben eingedrungen waren.

In dieser Nacht kam Kate lange nach Einbruch der Dunkelheit ins Haus, ging mit weißem Gesicht schweigend in ihr Zimmer, sprach mit keinem von ihnen. Sie lag lange wach und hätte am liebsten geweint, aber sie war jetzt erwachsen, und Tränen waren etwas für Kleinkinder.

Sie hörte eine Füchsin leise bellen und die Antwort ihrer Jungen. In weiter Ferne dröhnte ein Motor, als ein Auto den Hügel hinauffuhr, und war dann nicht mehr zu hören. Eine Eule rief weich, leise, geheimnisvoll, ein Geräusch, das der Kater hörte; er hob den Kopf und antwortete. Kate hörte sein langgezogenes Jammern. Er hatte noch nie so geschrien.

Der Wind nahm zu und schleuderte die Wellen gegen die Felsen, und Kate wußte, daß der Kater zuhörte. Daß er wach war, zu dem kleinen Fenster hinaussah, durch das er ein winziges Stück der großen Welt erblickte, die einmal ihm gehört hatte. Er lauschte dem Rauschen des Windes und träumte von den Tagen, in denen er frei gewesen war.

Frei, zu laufen und zu springen. Frei, die steilen Hänge zu erklettern und den Strand entlangzurennen.

Frei zu jagen. Er war nach wie vor ein wildes Tier und würde es sein Leben lang bleiben. Obwohl er Kate akzeptierte, rief seine Welt noch immer nach ihm. Sie hatte nicht das Recht, ihn um ihres Vorteils willen einzusperren. Ihr blieb ja die Erinnerung an ihn, und sie wollte nicht, daß sie ihn in ihrer Erinnerung in einem Käfig sah: Er war schäbig geworden, hatte seine Lebensfreude verloren, litt und sehnte sich nach Freiheit.

Er mußte sie verlassen.

Und er mußte es jetzt tun, sonst würde sie es nicht ertragen.

Sie erhob sich leise, kleidete sich an und ging zum Schuppen. Sie öffnete den Käfig und beobachtete den Kater. Er kam heraus und sah sie zweifelnd an. Sie ging den Weg hinunter und durch das Tor, und er folgte ihr. Einmal rieb er sich an ihr, als sie den nachtdunklen Pfad an der Bucht einschlug. Mit ihm die Straße entlangging, die vom Haus wegführte; ihre Schritte verursachten ein weiches Geräusch auf dem Boden, und ihnen folgte das Trippeln des Katers, der anscheinend wußte, wohin sie unterwegs war.

Der helle Mond ließ das Wasser silbern schimmern und beleuchtete Farnwedel und Heidekraut. Am Rand des glänzenden Sandes schäumte die Ebbe, und über der Bucht lag ein heller Streifen, der sich bewegte und verschob, als hätte ein mondsüchtiger Riese die Wellen mit Phosphor bemalt.

Außer ihr und dem Kater gab es in diesem Augenblick nichts auf der Welt.

Sie gelangten zu dem Hügel, auf dem sie in der Höhle

Zuflucht gesucht hatten, und Kate drehte sich um und kniete nieder. Der Kater kam zu ihr und rieb sich schnurrend an ihr, als danke er ihr für seine Freiheit und vielleicht für ihre Fürsorge.

Dann war er fort, sprang leichtfüßig die Felsen hinauf, wendete einmal den Kopf, öffnete das Maul und miaute rauh; der Ton hallte wider und schien ihr für immer Lebewohl zu sagen.

Sie sah ihm nach. Er war schnell und fit, sein Fell glänzte, er war ihr gefolgt, hatte sich an ihr gerieben, und dann hatte er sie verlassen.

Sie blieb lange dort hocken, beobachtete den Hang, sehnte sich danach, ihn noch einmal zu sehen, doch es war, als hätte es ihn nie gegeben.

Sie ging langsam zurück, froh über die Dunkelheit. Sie schloß die Tür des leeren Käfigs, schloß die Tür des stillen Schuppens und schlüpfte in dem Augenblick in das Haus, in dem die Hähne auf dem fernen Bauernhof zu krähen begannen.

Sie wusch sich und bereitete das Frühstück zu.

Gavin, der den Speck roch, kam herunter.

»Ich habe ihn gehen lassen«, sagte sie. »Heute nacht.« Sie konnte nicht weitersprechen, weil die Tränen zu locker saßen. Sie war erst nach Wochen imstande, Sheina und ihrem Vater zu erzählen, was sie getan hatte. Bis dahin konnten sie es nur erraten.

Kate war während der nächsten Tage blaß und schweigsam und sichtlich in ihrem Kummer versunken. Keiner der beiden konnte ihr helfen. Niemand konnte ihr helfen. Die Abende waren hell, und Gavin kaufte ihr ein Fahrrad. Sie radelte Tag für Tag zum

Hügel, aber vom Kater war weit und breit nichts zu sehen. Einmal fand sie den halb gefressenen Kadaver eines Kaninchens und nahm an, daß der Kater in der Nähe war, aber es konnte genausogut ein Fuchs gewesen sein.

Sie mußte lernen, mit dem Verlust zu leben. Warum mußte es geschehen? Warum hatte Gott ihr die Mutter genommen? Warum konnte er nicht dafür sorgen, daß der Kater sie besuchte, sie brauchte, sich nach ihr sehnte? Sie bekam nie eine Antwort.

Eines Abends klopfte jemand an die Tür.

Kate öffnete. Sheina und ihr Vater waren in ein Gespräch vertieft.

Vor der Tür stand Ruaraidh und blickte auf sie hinunter.

»Ich muß dich um einen Gefallen bitten. Ich brauche deine Hilfe.« Er zog genau wie ihr Vater den Kopf ein, als er durch die niedrige Tür in das Wohnzimmer trat und Kate eine kleine Tasche hinhielt, deren Reißverschluß halb offen stand.

Kate ergriff sie und starrte hinein.

In der Tasche lag auf einem weißen Handtuch ein winziges Tigerkätzchen, dessen grüne Augen zu ihr emporstarrten. Es war erschreckend mager und so schwächlich, daß sie einen Augenblick lang glaubte, es läge im Sterben.

»Er braucht ein Zuhause. Der Schafhirte hat ihn und seine beiden Schwestern gefunden. Er wurde in der Wildnis geboren, und seine Mutter, eine streunende Hauskatze, wurde von einem Auto überfahren. Wir haben die Jungen von Hand großgezogen, aber jetzt müssen sie entwöhnt werden, und das nimmt viel Zeit in Anspruch. Er wird eines Tages ein kräftiger Kater sein. Aber nur, wenn sich jemand sehr viel Mühe mit ihm gibt. Du kannst ihn vorläufig zu mir bringen, während du in der Schule bist, und eine meiner Helferinnen wird ihn tagsüber füttern. Es ist kein großer Umweg für Sheina und wird nur etwa zwei Wochen lang nötig sein; dann kann dein Vater zu Mittag einen Sprung nach Hause kommen und ihm sein Mittagessen verabreichen. Er braucht zuerst winzige Mahlzeiten, nur einen Kaffeelöffel einer Spezialmischung, die ich dir geben werde. Er muß alle zwei Stunden gefüttert werden, bis die Verdauung in Gang kommt. Die Kleinen haben viele Probleme bewältigen müssen. Ich weiß, daß ich dir vertrauen kann.«

Kate hob das Kätzchen heraus und drückte es an sich. Es war nicht dasselbe wie ihr schöner Apollo, aber es gehörte für immer ihr. *Ihr* Kater.

»Wie wirst du ihn nennen?« Ruaraidh streckte den Finger aus, und das Kätzchen schlug danach.

Kate blickte zu dem Hügel hinaus, zur Bucht und zu dem Seetang hinunter. Der Tang hatte sie und ihren Vater geheilt. Sie drehte sich um und sah Sheina an, aber diese hatte nicht zugehört, und Ruaraidh, der ihrem Blick gefolgt war, nickte, als hätte man ihm eine Frage gestellt und er beantwortete sie.

Sie traten in den dämmrigen Garten hinaus. Die Sonne ging leuchtend rot unter, und schwarze Wolken flogen über den Himmel. In den Büschen bewegte sich etwas, und Kate hielt den Atem an, als der Wildkater geräuschlos auf sie zukam.

Ruaraidh rührte sich nicht.

Der Kater lief zu dem Mädchen, rieb sich kurz an seinen Beinen, als liebkose er es, und schnurrte heiser. Er ließ etwas vor seine Füße fallen, blickte zu ihm auf und miaute. Dann verschwand er über die Mauer.

Kate sah auf das tote Kaninchen hinunter, das der Kater ihr gerade geschenkt hatte, und beobachtete dann das leicht wogende Gras, durch das sich etwas schnell entfernte.

Sie drückte das Kätzchen enger an sich. Sie spürte das schwache Schnurren mehr, als sie es hörte.

»Ich werde ihn Krieger nennen«, erklärte sie. »Hoffentlich wird er genauso tapfer sein wie mein Wildkater und genauso erbittert und erfolgreich um seine Gesundheit kämpfen.«

Die Sonne verschwand hinter den Wolken, und Dunkelheit legte sich über den Garten. In dieser Nacht lag Kate im Bett, hatte das Kätzchen im Arm und hörte die Geräusche im Garten, die ihr sagten, daß der Wildkater sie nicht vergessen hatte, auch wenn er jetzt in Freiheit lebte.

Auch sie würde ihn nicht vergessen, solange sie lebte.